AF307233

Aflio

Conception et réalisation graphique : Geneviève Bellissard

Image de couverture : Adam et Ève au Paradis Terrestre (détail),
Johann Wenzel Peter, huile sur toile, entre 1800 et 1829,
Pinacothèque vaticane, Rome.

ISBN 978-2-487257-10-8

Marie-France Comte

Aflio

1

Je m'appelle Aflio.

Oui, cela surprend. Vous pensez que ce n'est pas commun et vous avez raison. À la vérité ce n'est pas seulement rare, c'est unique. Je crois, sans aucune forfanterie, pouvoir affirmer que je suis le seul au monde à porter ce prénom.

Du reste, si on veut approfondir la question ce n'est pas un prénom, ni même selon la définition un mot. Vous ne le trouverez ni dans un dictionnaire de latin, d'italien, *a fortiori* de français et dans aucun dialecte. J'ai cherché, je vous assure. Aflio n'a aucun sens. C'est une invention, j'ajouterai fortuite. Je n'ose aller jusqu'à qualifier cet acte de pure création, comme on le ferait pour une œuvre d'art, l'artiste n'est pas digne d'un tel éloge. C'est plutôt un crétin si vous voulez connaître le fond de ma pensée.

Ceci me procure un statut unique.

J'aurais dû logiquement hériter du prénom de mon grand-père paternel, un Sicilien, telle était la décision de mon père, mais suite à une succession, disons d'incompétences, de déboires, de palabres, de rebondissements et de beuveries, le destin en a décidé autrement.

C'est une longue histoire pas comparable à « L'Odyssée » mais enfin, pour moi qui en suis le héros, je me suis reconnu dans le personnage d'Ulysse, car comme lui, j'ai enduré mille souffrances. Ma mère m'a souvent raconté ses exploits.

C'est une longue histoire, qui nécessite un développement suffisant pour en comprendre toutes les subtilités locales et familiales. Toutefois je vais brider mon récit, car pour nous autres Siciliens les chemins de traverse sont légion. Faire court n'est pas dans notre façon de nous exprimer et d'aborder la vie.

À la vérité il faudrait que j'expose mille détails domestiques pour vous permettre de saisir l'enchaînement des faits qui ont abouti à cette catastrophe, à ce drame intime : Je me prénomme Aflio. Voyons tout de suite le bon côté, cela n'appelle pas un long développement.

Quand ma mère s'époumonait du balcon de notre domicile, prenant à témoin la rue, mon terrain de jeux, il n'y avait pas vingt têtes à se lever à l'évocation : « Aflio, viens voir un peu ici » signal qu'il me fallait rentrer, alors que lorsque résonnait un « Gino », « Adriano », « Pietro » ou « Massimilliano », la confusion régnait. Lequel était concerné ? Mes camarades laissaient planer le doute pour gagner quelques minutes.

Aflio, il n'y en avait qu'un seul. Aflio !

Mais c'est quel jour la saint Aflio ? À mon grand désespoir, jamais. Je me voyais privé de fête. Une frustration de plus. Une double peine. Enfin ma mère a trouvé un pis-aller, je vous expliquerai plus tard. Il faut que j'avance dans mon récit.

Le clergé lui-même faisait la fine bouche. Aflio ? D'où vient ce prénom ? Aucun rapport direct ou indirect avec un saint ? Quel martyre ? Il ne tarda pas à découvrir qu'il venait de nulle part. Pas d'existence. Ni en terre Africaine, ni en Amérique, Espagne ou Sardaigne, pas plus chez nos voisins français, ni même corses. Rien. Aucune trace, aucun récit.

Il avait fallu une démarche coercitive, père, mère, aïeux, et mobiliser la communauté pour faire entendre raison au curé de la paroisse et qu'il finisse par m'accepter au catéchisme. Il avait réclamé un certificat de baptême, un original qui plus est, une copie certifiée conforme et véritable étant insuffisante à ses yeux. Il avait demandé l'approbation à sa hiérarchie pour lever toute réserve. Pourtant vous l'apprendrez plus tard, d'éminents représentants de l'Église me portèrent sur les fonts baptismaux. Malgré ça, c'est tout juste si le Saint-Siège n'avait pas été saisi.

Saint Aflio ? Inconnu au bataillon des saints, pas dans l'édition du martyrologe du Vatican.

La suspicion était là. Allez savoir si derrière cet Aflio ne se cachait pas quelque païen, ou meneur sournois d'un schisme. La Curie se montrait excessivement prudente.

Il fallut expliquer, justifier, attester, conter, raconter par le menu toute l'histoire, avant que soit accordé le précieux sésame m'ouvrant la porte de la salle du catéchisme.

Je fus mis en observation, plus d'un semestre, afin de vérifier que je n'avais pas une influence néfaste sur mes camarades, que je n'allais pas remettre en question les Saintes Écritures, réviser les Évangiles, modifier l'ordonnancement de l'office ou réécrire la dernière bulle papale…

Un fils de communiste, responsable de cellule, même au pire moment de la guerre froide, n'aurait pas été plus mal traité, n'aurait pas fait l'objet de plus de soupçons.

Tout cela me brima, m'amusa parfois. Je le concède. Bien malgré moi, je n'étais pas un enfant comme les autres. À chaque instant on me le rappelait.

Au catéchisme, lorsque mes camarades se contentaient simplement d'être présents, de moi on exigeait plus d'assiduité, plus de résultats. J'étais interrogé plus qu'à mon tour. Mes réponses ne souffraient pas d'à peu près. Elles devaient être claires, exactes, copie conforme au mot près de celui qui avait pour mission, pour ambition, de diriger mon âme.

Il fallait que je me montre plus chrétien qu'un chrétien pour simplement ne pas être exclu de la communauté paroissiale. Pour ma mère, en faire partie était vital et je ne voulais pas me priver de son affection. J'étais amené à faire mon chemin de Croix, à me comporter tel un saint en devenir pour compenser mon absence de saint. Vous comprenez la dialectique ? Pas facile pour un enfant.

2

Mais reprenons depuis le début le fil de l'histoire…

Vous voyez, je ne peux déroger, j'évoque les conséquences avant même de vous avoir conté les circonstances de mon empêchement à enfiler le vêtement du commun des mortels.

J'aurais dû naître à Rome, mais mon père a exigé que son épouse vienne accoucher dans son village natal et ancestral, en Sicile, à Saint-Alfio.

Ma mère est romaine, mais je n'en dis pas plus sinon je vais encore m'écarter de mon récit.

Ce village, Alfio, à peine figure-t-il sur la carte, s'accroche aux flancs de l'Etna côté oriental. Il est traversé par la voie qui mène au sommet du volcan. Les villageois en tirent un motif de fierté, mais sont avares de commentaires vis-à-vis des visiteurs se contentant de débiter les slogans simplistes diffusés par les offices de tourisme : le plus haut d'Europe, et l'un des plus actifs au monde au cours du XXe siècle.

Mes ancêtres ont vécu dans un hameau, un peu à l'écart du centre, dans un paysage de terre brune, mélange de cendres et de lave, sur laquelle quelques végétaux ras s'agrippent et cherchent les ressources nécessaires à leur survie. Il leur faut résister à la neige en hiver, à la chaleur torride en été et aux vents en toute saison. Scrutés à distance, les cratères assoupis aux formes douces et arrondies, qui s'étagent au-dessus du village, ne paraissent pas représenter un danger, pourtant la lave fluide, rouge, incandescente, s'épanche des flancs bien plus souvent qu'on ne le croit. Il n'explose pas de manière spectaculaire comme d'autres, l'Etna a l'éruption effusive. Tout pousse l'observateur à se lancer sur ses flancs. Bien vite il découvre le sol friable, constitué de billes de lave, qui roulent sous ses pas et l'ascension s'avère plus épuisante que prévu. Le paysage est dominé par le noir et le brun, avec au sommet la neige blanche et au plus bas l'océan bleu…

À quelque cinq cents mètres d'altitude, bien en deçà du sommet du cratère principal qui culmine à plus de trois mille trois cents mètres, enneigé quasi perpétuellement comme s'il voulait s'imposer, telle une balise incontournable, on jouit déjà d'une vue unique sur la mer ionienne quand les brumes ne bouchent pas l'horizon.

La plupart des maisons sont inhabitées, même si elles ne sont pas définitivement abandonnées. Elles sont laissées à la surveillance des voisins, plus âgés, sédentaires, qui ne trouvent aucune bonne raison de quitter cette terre qui les a vus naître. Seule la mort rompra le lien indéfectible.

Ne vous fiez pas aux apparences. Ils paraissent fossilisés, immobiles sur leurs sièges, insensibles à la chaleur ambiante, contemplant on ne sait quoi dans le lointain, mais leurs yeux demeurent perçants, l'ouïe sélective, rien ne leur échappe et si d'aventure vous pensiez pénétrer en toute impunité dans quelque lieu abandonné, vous seriez identifié et immédiatement signalé.

Les maisons qui sont occupées ne le sont que par des personnes installées au rez-de-chaussée, les étages sont vides, ou exceptionnellement envahis pour une courte villégiature, ou un séjour obligé comme de venir enterrer l'un des siens.

Là-bas, en Sicile, dans ce village les façades des bâtisses sont étroites et hautes, elles témoignent d'une démographie autrefois plus ardente. Traditionnellement les générations s'étageaient les unes au-dessus des autres. Au sommet évidemment les plus jeunes, ceux qui gravissaient les escaliers sans effort, puis au fur et à mesure qu'ils se mariaient, fondaient une famille, que les enfants naissaient, l'ordonnancement se modifiait. On descendait un à un les étages pour finir sa vie en rez-de-chaussée ou de-jardin. Il y a bien longtemps que dans les rues les cris des enfants ne résonnent plus ou alors très épisodiquement. La communauté s'est étiolée, et dans le même temps elle s'est unifiée, le grand âge en étant le ciment.

3

Je suis né dans le lit de mes ancêtres paternels, à l'ancienne. Pas question de se rendre dans quelque maternité. Les femmes du village ont assisté ma mère. J'étais le premier enfant. J'étais hésitant. Elles m'ont extirpé en utilisant les fers. Je n'ai jamais trop bien su de quoi il retournait, mais quand elles évoquaient cet épisode, à leurs mimiques, je ne présumais rien de bon. Elles m'ont tapé sur les fesses pour faire surgir mon premier cri, avant d'ouvrir la fenêtre en grand pour annoncer au monde ma venue : « c'est un garçon ! ». On n'en fait pas plus pour une descendance royale.

Mon père a bondi du banc sur lequel il s'était assis, en compagnie des hommes dans la venelle, pour patienter. Jusqu'à cet instant il ruminait, anxieux pour sa progéniture. Fille ou garçon, tel était l'objet de son tourment. Tout le reste, l'accouchement, les douleurs étaient une affaire de femme. Il n'entendait en rien se documenter, ni s'immiscer.

À la révélation : « c'est un garçon ! », il se libéra. Il avait réussi du premier coup. Il en tirait une fierté indicible, surtout devant ses pairs. Il lança à la cantonade : « tournée générale ». Tous n'en attendaient pas moins.

Pour un événement, ce fut un événement, gravé dans la mémoire locale. Il y avait bien longtemps que le village n'avait pas connu une telle raison de se réjouir. Un enterrement était la seule occasion de sortir, de se vêtir, de se parler, d'évoquer le défunt et le passé ; là c'était de la vie à venir, de l'espérance, de la joie.

Personne ne voulait manquer ça. Les réjouissances pouvaient commencer. Elles durèrent, se renouvelèrent, se prolongèrent, un *bis repetita* jusqu'à plus soif.

Aucun habitant n'en sortit indemne. Même les femmes réputées plus mesurées se laissèrent aller et dérogèrent à leur principe de sobriété. Il fallut du temps pour retrouver un peu de lucidité pour que les contingences quotidiennes reprennent le dessus.

Il était urgent de déclarer cet enfant à l'état civil, même si nul ici n'en ignorait l'existence. On s'inquiéta, n'avait-on pas dépassé l'échéance légale ?

Mon père, à qui cette tâche était dévolue, n'avait pas encore les idées claires et ignorait tout de la procédure. Il était père pour la première fois et manquait d'expérience.

Un de ses compagnons de boisson se proposa pour l'accompagner, lui faciliter la tâche, le guider à la mairie de la commune. Il avait des relations au sein de l'édifice communal et ne doutait pas qu'un accueil chaleureux et compréhensif leur serait réservé.

Seulement la journée était déjà bien avancée et l'administration municipale était très prompte à fermer ses portes, avant même le premier coup de la cloche, pas question de faire des minutes supplémentaires. Au fur et à mesure que le duo progressait dans la rue les passants demandaient confirmation de la nouvelle, adressaient leurs félicitations, impossible de passer son chemin sans entrer dans quelque demeure pour fêter le double événement : la naissance et le retour, même fugace, de l'enfant du pays. Tout était motif à faire une halte, si bien qu'à un moment le carillon de l'église envoya le signal fatidique :

l'hôtel de ville était fermé au public. Oui parfois dans ces contrées République et Religion travaillent de concert. La mission de mon père se compliquait.

Loin d'en être affligé, il accepta l'offre qui lui était faite de passer par un intermédiaire qui se faisait fort de ramener, même s'il fallait l'empoigner par la peau du cou, l'employé de l'état civil à la mairie et de régler l'affaire sans interrompre les festivités. Mon père convint qu'il aurait été délicat de s'éclipser et d'abandonner une si bonne compagnie. Il lui suffisait de préciser à son émissaire le prénom qu'il voulait donner à l'enfant et pour le reste la mairie se débrouillerait pour l'identité des parents. On se connaissait tous ici, pas de zèle administratif.

Top là. Mon père était soulagé. Une heure plus tard l'intermédiaire, radieux, revint avec sur ses pas l'employé, le fameux Livio, venu en personne remettre le certificat de naissance, dûment rempli, signé, et tamponné. Il estimait qu'il pouvait s'inviter à la fête sans même y être officiellement convié ayant apporté largement sa contribution.

Mission accomplie. Règle administrative observée. Rien ne pouvait venir contrarier les projets en cours… la fête pouvait se poursuivre.

Le café ne désemplissait pas, la clientèle se renouvelait en permanence, le bouche-à-oreille était beaucoup plus efficace que Facebook.

4

Quand mon père rentra-t-il ? Dans quel état ? Qui le raccompagna ? L'histoire familiale en a perdu la mémoire. Mes interrogations vinrent beaucoup plus tard mais restèrent sans réponse. Black-out familial.

Mon père devait à tout prix retrouver son aura. Cet épisode n'était pas très glorieux. Il rassembla la famille proche autour du berceau et entreprit de faire un discours officiel. C'était loin d'être un orateur né. Il s'adressa principalement à moi, je le soupçonne d'avoir utilisé ce subterfuge en raison du fait que je ne pouvais lui répondre, mais il s'en défendit plus tard. Il rappela son choix : me voir porter le prénom de son propre père, qu'il fallait y voir le signe que je serai en charge, après sa mort, de transmettre à mon tour l'héritage familial, pour l'heure plus immatériel et moral que monnaie trébuchante et avoirs, d'en défendre les valeurs, et que c'était une sorte d'intronisation officielle, un passage de flambeau. Il perdit le fil de sa phrase, les mots s'entrechoquaient, se dérobaient, il s'essuya les yeux comme pour se reprendre et mettre sur le compte de l'émotion son cafouillage. « Ton prénom, me dit-il, c'est celui de mon père, mais c'est également celui de la commune, et celui de son saint patron, une triple référence pour veiller sur toi, sur tout le parcours de ta vie, mais il faudra t'en montrer digne. » Pour finir il lança un tonitruant : « Bienvenue à Alfio » et remit très officiellement la pièce administrative, celle qui lui avait posé bien du tourment, à ma mère pour ajouter à la solennité du moment. Dans les faits, je crois, que c'était pour sa précieuse qualité à ne pas égarer les papiers.

Elle fondit en larmes, posa sur son cœur l'imprimé, me donna le sein que je réclamais à cor et à cri depuis un moment insensible aux envolées lyriques de mon paternel, si bien qu'elle oublia sur le chevet provisoirement le certificat de naissance.

Ce n'est que plus tard qu'elle se livra à une lecture attentive. Que voyait-elle ? Ses yeux ne la trahissaient-ils pas ?

Aflio ! Prénom : Aflio.

Elle interpella aussitôt mon géniteur :
« qu'est-ce que c'est ?

Tu l'as appelé Aflio, c'est le prénom ? As-tu
perdu la tête. Ce n'est pas ce qui était convenu. »

Mon père lui arracha le papier des mains, lut,
relut et sortit à l'extérieur avec la vivacité d'un
coup de vent. Il disparut.

꩜

Livio passa le pire moment de sa vie. Mon
père le sortit de son lit après avoir tambouriné
à sa porte, et réveillé toute la rue. Il exigea un
retour immédiat à la mairie, ne lui laissa pas le
choix, l'empoigna par le bras. Livio était encore
en caleçon. Il ne trouva pas même le courage de
protester, même s'il craignait de trouver sur sa
route quelques personnes et d'être moqué à vie
pour sa tenue. Sa dignité en prenait un coup. Mon
père n'en avait cure il pensait à ses propres abattis.

Livio tenait dans ses mains le trousseau de
clefs mais n'arrivait pas à trouver celle qu'il fallait engager dans la serrure. Il était tout tourne-
boulé. À cet instant les policiers passèrent devant
l'édifice communal, remarquèrent une agitation
devant la porte d'entrée, et s'alarmèrent d'une

éventuelle intrusion. C'est bien normal. C'est leur rôle. Il fallut s'expliquer. Livio refusait d'endosser la moindre responsabilité. Il agissait sous la contrainte plaida-t-il. Le chef des policiers comprit et approuva la démarche de mon père, l'urgence qu'il y avait à rectifier une erreur inacceptable. Oui il fallait corriger cette incongruité. Il fallait redonner un prénom respectable à cet enfant, ce n'était que justice. Ils se montrèrent compréhensifs et proposèrent de les accompagner jusqu'au bureau. Bientôt Livio fut entouré, surveillé, reprit ses outils professionnels et entreprit de repositionner la lettre, objet du scandale, dans le bon ordre. Le « l » devait reprendre la place normale, avant le « f ». Mais transformer Aflio en Alfio demandait une maîtrise du stylo et de la gomme, un talent que Livio n'avait pas. Ce furent pâtés et sur-ajouts, et au lieu de s'éclaircir la situation se dégrada, se complexifia. On ne lisait plus rien ni Alfio, ni Aflio… Mon père haussa le ton déjà très élevé, au moins d'une octave. Le chef des policiers prit fait et cause pour lui. C'était la victime sans conteste.

Livio était un incapable, infoutu de rectifier ses erreurs. Il se fit injurier, traiter d'illettré ce qui n'était pas erroné.

Un membre de la police, qui avait peut-être

un compte à régler avec lui, rappela les circonstances de son embauche. N'avait-il pas bénéficié d'un passe-droit ? C'était un usurpateur, aucun diplôme, aucune formation, à peine en mesure de garder des brebis et il était devenu en charge de rédiger des actes administratifs, comme ça ! Il claqua des doigts pour accentuer ses interrogations.

Livio se défendit bec et ongles, mentionna quelques services rendus et pas faciles à porter à la connaissance du grand public. Qu'avait-il fait ? Confondu une case avec une autre, interverti une lettre. Rien de bien méchant. C'était la triste réalité mais le résultat était quand même grave de conséquences et rien n'allait bien.

La tentative de résoudre le problème par une correction n'ayant pas donné le résultat espéré, il ne restait plus, de l'avis général qu'une alternative : refaire l'acte en entier.

Un imprimé vierge, une séance d'écriture sous contrôle, un coup de tampon, une signature et l'affaire trouverait une conclusion définitive et acceptable par tous. Diable pourquoi n'y avoir pas songé plus tôt. Il fallut faire de gros efforts de mémoire pour se remémorer l'heure de la naissance, et le jour. Le père lui-même n'en avait plus un souvenir précis. Ils furent tous d'avis de reprendre les mentions figurant sur le premier acte, ces points n'ayant pas été mis en cause.

Avant de reprendre la plume Livio demanda à se rendre aux toilettes afin de vider sa vessie, il voulait se trouver dans les meilleures conditions physiques pour rédiger. Il transpirait, bien que toujours vêtu de son seul caleçon. Il était sous pression, sous observation constante. L'épreuve était rude. Tous l'accompagnèrent de peur qu'il ne prenne la fuite.

Au moment d'écrire le prénom, le chef des policiers arrêta tout, une idée avait germé. Il allait écrire un modèle pour guider Livio. Il fallait prendre des précautions extrêmes. Ainsi il n'aurait plus qu'à recopier ce qui déjà n'allait pas de soi.

Quelques minutes plus tard, après un soulagement collectif (tous à vrai dire avaient profité du passage par les commodités), un apaisement soudain des tensions, je me nommais : Alfio.

Tout était rentré dans l'ordre.

On se congratula, on convint qu'il fallait marquer la fin de cet épisode regrettable, qui put être tragique et tout le monde de se mouvoir pour rejoindre un endroit digne pour officialiser ça. Le café le plus proche n'était probablement pas encore ouvert au public. Qu'à cela ne tienne les policiers rassurèrent, ils avaient leurs entrées, et si nécessaire ils useraient de leurs prérogatives et feraient ouvrir sur-le-champ l'établissement reconnu comme une annexe de la mairie, il était donc logique qu'il ouvrit en fonction des nécessités des citoyens et des personnels.

En sortant ils croisèrent, dans le hall de la maison communale, le concierge qui s'apprêtait à ouvrir les locaux pour les équipes de nettoyage et qui ne se montra pas étonné de trouver la serrure déverrouillée et des occupants dans les lieux.

Je vous l'ai dit, chez nous les choses prennent souvent un tour inhabituel. Écrire le mot fin n'est pas plus un gage qu'une histoire est arrivée à son épilogue.

5

L'autorité municipale ne fut pas autrement surprise de cette occupation diurne, quasi illégale des locaux et des faits qui s'y étaient déroulés. Les policiers étaient présents, c'était la garantie d'un motif sérieux.

Nécessité fait loi !

Non rien ne choqua dans cette démarche, sauf qu'un détail, qui avait échappé à la sagacité des opérateurs, fut soulevé par une bonne âme. Cet idiot de Livio, même s'il y avait pensé un instant, n'avait pas eu le courage de faire apparaître une faille dans cette stratégie de réparation. Il pensait s'en tirer à bon compte et n'ayant jamais rien compris à l'informatique il n'en mesurait pas les effets. La télétransmission était une opération mystérieuse pour lui. Le premier certificat, qualifié d'erroné, conservait son caractère officiel. Il avait été dûment enregistré dans la base de données et transmis au service de l'État. Le second plus conforme à la volonté du géniteur, pourrait apparaître comme un doublon. La machine saurait-elle faire le tri ? N'allait-on pas provoquer une pétaudière dans les algorithmes qui faisait craindre le pire ? Tout juste si la machine n'allait pas tel un engin mû par la vapeur, exploser. Ou plus grave peut-être, imploser par le fait qu'on avait introduit un objet suspicieux dans ses entrailles. Personne n'était en mesure dans le cercle rassemblé d'avoir un jugement objectif sur les conséquences par manque de connaissances techniques, mais des dégâts, pour sûr il y en aurait.

～

Le maire et son administration risquaient gros, ça c'était probable. Livio, quant à lui, était tout désigné pour porter le chapeau. Il serait désavoué à la première remontrance, mis en cause pour faux en écriture et de tout ce qui pourrait être reproché à la municipalité. La discussion tournait au débat public. Au fur et à mesure que les concitoyens pénétraient dans le hall pour effectuer quelques démarches administratives, ils s'arrêtaient, s'enquéraient des raisons de cet attroupement, s'y joignaient, prenaient part à la discussion, donnaient leur avis.

Le chef des services, autorité administrative locale suprême, expliquait que ce qui se faisait il y avait peu encore n'était plus possible aujourd'hui, on ne pouvait plus s'arranger entre soi. La machine administrative échappait à l'autorité communale.

Le maire en profitait pour servir sa cause, s'en plaignait, insistait sur sa perte d'autonomie, rappelait que son pouvoir se réduisait de jour en jour, bientôt à une peau de chagrin. S'il n'y avait encore que Palerme, on s'en accommoderait peut-être, mais il y avait aussi Rome. À la vérité on n'était plus maître chez soi. Il fallait l'entendre parler de l'empire et de l'emprise des nouvelles technologies et prononcer « *high-tech* » avec son accent local était un acte d'une cruauté indicible pour un anglophone. Il n'entendait pas grand-chose à la chose ce qui exacerbait encore un peu plus sa colère. Il n'était pas loin de « la *tech rage* » qui commençait à se répandre, dont il n'avait jamais entendu parler mais qu'il ferait sienne dès que les échos lui parviendraient. Bien sûr, dans le cas d'Aflio, on pouvait constituer un dossier, envisager un recours mais cela impliquait de saisir le juge et là, là c'était la porte ouverte à…

Il ne pouvait même pas finir sa phrase. Les mots refusaient de sortir de sa bouche… Un blocage. Une barrière psychologique infranchissable. Vous imaginez la situation… Le juge ne manquerait pas de constater d'autres irrégularités dans la commune, c'était inévitable. C'était la contrepartie de sa compréhension et de sa proximité avec les citoyens, insistait l'édile, pour justifier par avance des manquements. Avant d'introduire le loup dans la bergerie il fallait y réfléchir sérieusement.

À cet instant la discussion gagna en profondeur et une forme d'introspection personnelle s'engagea dans le huis clos de la conscience de chacun. Chaque protagoniste avait quelque chose à perdre. Ainsi la volonté affirmée de régler l'affaire en fut fortement altérée. À commencer par le père qui n'avait pas déclaré le fils dans les délais, l'employé qui avait enregistré l'acte sur le seul témoignage d'un émissaire, en l'absence d'un membre de la famille et des pièces administratives, qui l'avait fait hors des horaires d'ouverture de l'état civil la première fois, puis cherchant à masquer son erreur avait fait un faux, en pleine nuit. La police, elle-même, n'était pas très claire sur son action. Avait-elle défendu la loi ou s'était-elle rendu complice de la tentative de falsification ? La question se posait.

L'expression « saisir le juge » provoqua un séisme bien plus redoutable qu'une éruption de l'Etna. Il y eut comme un frisson qui parcourut l'auditoire suivi d'une chape de plomb.

Puis après cet instant de sidération les avis tombèrent. Déjà qu'on n'était pas à l'abri de contrôles intempestifs du pouvoir central à tout instant, ouvrir la porte volontairement relevait de l'inconscience. Un suicide politique avança quelqu'un, ajoutant à l'effroi du maire et de son entourage. L'équipe se soudait, faisait corps avec lui.

〜

Dans un village sicilien, le mot juge avait l'effet d'un épouvantail. C'était un mot à ne pas prononcer. C'était bien la dernière personne à laquelle on songeait à s'adresser pour faire rétablir son droit. Une solution à bannir.

Le public partageait l'avis du maire. Pas la peine d'en prendre prétexte pour visiter la commune d'Alfio. Pas la peine de donner un coup de projecteur sur son fonctionnement. Ces gens-là, moins on les voit mieux on se porte. Le vote ne fut pas nécessaire, du reste il suffisait de tendre l'oreille pour se convaincre de l'unanimité de cette position. La démocratie directe. Mon père lui-même, pénétré du désir de rétablir le prénom qui m'était destiné, comprit la complexité de l'affaire. Il n'entrevoyait pas d'issue même si à cet instant il n'avait pas encore renoncé à obtenir justice. Le maire apporta une première conclusion. « Aflio, ce n'est pas si mal. Tu vas voir je te fiche mon billet qu'avant la fin de l'année la mode va prendre et qu'à l'état civil les demandes pour prénommer sa descendance Aflio vont venir. Je ne m'y opposerai pas, sauf si c'est à ta demande, pour conserver l'exclusivité en quelque sorte. Et puis la belle affaire ! Le prénom ? Tu prends celui que tu veux pour tous les jours. Tu n'as besoin de l'officiel que pour les papiers et des papiers on n'en fait pas tout le temps. Tiens, je n'ai même pas besoin de l'avis du conseil, tous vont être d'accord, Aflio, dès qu'il est en âge, il porte saint Alfio lors de la procession dans la ville… C'est un privilège, tu le sais… N'oublie pas que chaque concitoyen est prêt à tout pour figurer au nombre des heureux élus ».

Le maire avait atteint le maximum de ses concessions. Il était inutile de poursuivre la discussion. Il n'y aurait pas de modification. L'affaire était définitivement entendue.

Aflio j'étais, Aflio je demeurerais.

〜〜

Pour l'heure mon père était surtout préoccupé par le fait qu'il allait devoir affronter ma mère, et peut-être même que certains épisodes de ce feuilleton, qu'il avait dissimulé jusqu'à présent, allaient apparaître au grand jour ?

Voilà, vous en savez un peu plus sur la genèse de l'affaire. En interrogeant les témoins ici et là, bien plus tard, j'ai pu reconstituer les premiers épisodes de ma vie et vous les faire partager. Reconnaissez que démarrer après des débuts aussi tonitruants, qui vous concernent directement sans que vous ayez pu dire votre mot, c'est lourd !

6

Saint-Alfio était donc le nom éponyme de la commune. Est-ce en raison de l'exposition aux risques naturels que présentait l'Etna que les habitants vénéraient à ce point leur saint, nul ne peut l'affirmer mais il était l'objet de toutes les attentions, ici et sur toute la partie orientale de la Sicile. À la vérité, c'était beaucoup plus qu'un saint qui officiait mais un trio, trois saints indissociables qui protégeaient la commune, trois frères liés jusqu'à la mort, tous martyrs : Alfio, Cirino et Filadelfio. Il faut que je vous en dise un peu plus sur ceux-là. C'est un peu leur mère Benedicta ou Benedetta qui fut la cause de leur malheur, enfin indirectement. Une sacrée bonne femme. Elle avait du cran. Elle refusa de renier sa foi chrétienne et résista jusqu'au sacrifice de sa vie. Ses enfants étaient à bonne école, ils suivirent son exemple, se montrèrent aussi courageux qu'elle et il leur en fallut, moi je pense que j'aurais craqué avant. Je ne supporte pas la douleur quand je fais la moindre chute et que je m'érafle un genou, alors vous pensez bien que je n'aurais montré aucune résistance pour échapper à la torture. Cela se passait dans les années 253, si on en croit le récit qu'en fit plus tard, vers 960, le moine Basilio, installé dans la province de Syracuse.

Les trois frères, nobles et chrétiens espagnols, ainsi que leur mère, leur instituteur et des cousins, furent déportés par les Romains, d'Espagne à Rome, puis en Sicile. Envoyés de Taormine à Lentini, en passant par Catane, ils durent porter sur leurs épaules une lourde poutre, leur croix. Ils empruntèrent la route intérieure, passant par Trecastagni, celle de la côte étant rendue impraticable par une éruption de l'Etna. Peut-être un signe de Dieu ? Heureusement une forte tempête de vent, deuxième signe, les libéra de leur charge mais ils n'échappèrent pas à la prison à Catane. Sur leur passage les conversions sont nombreuses même parmi les soldats de leur escorte. Il n'en faut pas plus pour installer la légende et convaincre leurs suppliciés de poursuivre leur mission.

Alfio, l'aîné, avait 22 ans. On lui arracha la langue. Filadelfio, le second, avait 21 ans. Il termina sur le bûcher. Enfin Cirino, le plus jeune, 19 ans, fut jeté dans un chaudron d'huile bouillante. Quelles abominations !

Dans l'église de Saint-Alfio, on peut voir les sculptures qui les représentent les uns à côté des autres : des jeunes gens, aux visages poupins, les cheveux bouclés, longs tombant sur leurs épaules. Filadelfio brandit une croix dans la main droite et tient dans sa gauche un livre et une plume. Ses deux frères tiennent chacun juste une plume. Le premier est vêtu d'une tunique rose, le second d'une verte et le troisième d'une bleue. Tous sont enveloppés d'une cape bicolore qui leur donne une élégance et atteste de leurs rangs. Tous sont auréolés pour affirmer leur statut de saint. Ils rayonnent. Ils donnent l'impression d'être heureux, et de transmettre cette joie à qui les contemple. En tout cas c'est ce que le sculpteur a voulu traduire, je ne sais pas si eux étaient si bienheureux au moment où ils ont été torturés. Les mœurs étaient particulièrement violentes, rétrospectivement je suis saisi d'effroi.

〜

La popularité des saints, ceux-là mais aussi de tous les saints en général, est si forte, si ancrée dans les esprits du peuple sicilien que l'on vient de très loin les célébrer et leur demander d'exaucer les vœux de leur mandant. Les ex-voto, déposés par les bénéficiaires des miracles ou des protections attribuées aux trois saints, sont exposés dans une pièce attenante donnant directement dans l'église. Ainsi ce tableau naïf, reconstituant un miracle où l'on voit un animal, un cheval ou un âne peut-être, couché sur le dos devant un minibus rempli de voyageurs qui visiblement a stoppé en urgence et dont les occupants ont dû leur salut aux trois saints qui dominent la scène et envoient leurs rayons de protection sur le véhicule. Tous s'en tirent sans dommage. Loin de louer les réflexes du conducteur, on préfère évoquer la grâce des trois saints, la croyance populaire l'emporte sur la raison.

Chaque année, durant deux semaines, la commune se métamorphose et revêt ses habits de fête pour honorer ses protecteurs. La façade de l'église, construite en pierres noires du pays, est ornementée par des guirlandes lumineuses. Les processions se succèdent, traversant les rues envahies par la foule venue de partout. La ferveur religieuse le dispute à la fête païenne. Les occasions de se réjouir sont toutes bonnes à prendre. Saint-Alfio devient le centre de la Sicile, certains disent le centre du monde.

La commune a connu des hauts et des bas au cours de son histoire, plutôt des bas aurait souligné mon père dans un moment de lucidité oubliant son chauvinisme viscéral. Ainsi dans un passé assez récent, son économie avait été dynamisée par sa production vinicole, un petit vin blanc apprécié, mais cela n'avait pas duré, les critères de qualité avaient évolué et la chute des ventes n'avait été compensée par aucune autre production, si bien que la commune végétait espérant un renouveau qui se faisait attendre.

Voilà l'essentiel de l'histoire de la commune dans laquelle mon père passa son enfance et dans laquelle fut enregistrée ma naissance.

7

J'ai compris la démarche de mon père, bien plus tard, quand je fus en âge d'apprécier le récit qui m'en fut fait. Cela partait d'un bon sentiment à mon endroit, il voulait me placer sous la protection de saint Alfio, n'y voyant que des avantages. Mais voilà à cet instant, il n'y a pas d'issue, je suis Aflio et rien ne permet d'entrevoir comment on va pouvoir contrarier ce coup du sort.

Ma mère m'a souvent dit que pour éviter un mal parfois on s'exposait à un autre plus pernicieux encore… Ce n'est pas faux. J'en suis un exemple.

Il faut que je m'explique.

En fait mon père s'était beaucoup employé à faire croire qu'il avait décidé de m'appeler Alfio, c'était un réflexe très masculin. N'était-il pas le chef de famille ? Il fallait que cela se concrétisât par quelques décisions. À la vérité il avait surtout été contré par ma mère. Sa première idée était de me donner son prénom, mais là maman avait opposé un veto. Elle haussait rarement la voix, elle était douce, compréhensive, faisait mine de s'effacer mais quand la nécessité l'imposait elle savait faire preuve d'autonomie et exprimer sa volonté. Rien qu'au ton employé, mon père avait senti le danger, et avait cherché une solution de repli qui lui assurât néanmoins de ne pas perdre la face. Il avait parlé de continuité. Et bien justement pour elle il n'était pas possible d'assumer la perpétuation de ce prénom, pas dans sa famille. Des lignées affublées ainsi non, cent fois non, il ne fallait pas insulter l'histoire. Certes elle avait épousé mon père et avait dû l'accepter comme un tout, y compris son prénom, mais elle ne le prononçait que rarement et préférait utiliser un diminutif. Elle l'appelait « Béni ». Ce qui passait très bien. En fait mon père se nommait Bénito et depuis les exploits de Mussolini, son prénom avait été plombé. Bénito historiquement c'était plutôt sympa. Bénito, le bien nommé, le protégé de Dieu. Selon la croyance populaire, se prénommer Bénito c'était plutôt un gage de réussite.

C'était presque la garantie de sortir victorieux des vicissitudes de la vie. Mon père recherchait mon bien, voulait mettre toutes les chances de mon côté. Mais évidemment porté par un fasciste, un dictateur, un tyran, sa désaffection fut inéluctable et les prénommés Bénito, bien malgré eux, n'étaient plus en odeur de sainteté.

Mon père avait bien songé à se rabattre sur son second prénom mais là encore ma mère avait tiqué. Sur le plan de la moralité il n'y avait rien à redire, c'était même plutôt bien. Philosophe, poète, ingénieur, médecin, l'individu était l'archétype de l'homme universel bien qu'il eût vécu au Ve siècle avant Jésus-Christ, une époque bien éloignée du concept. Sicilien d'Agrigente, un voisin, il dut s'exiler dans le Péloponnèse avant de peut-être revenir près des terres de mes ancêtres, les pentes de l'Etna.

Empédocle, cela ne vous dit rien. Pas dans l'actualité. Pas dans les sondages de notoriété. Pas dans le top 10 ou même 50 des prénoms.

Vous en avez forcément entendu parler, mais si, faites un effort, au moins au lycée, l'homme à la sandale. A-t-il réussi sa vie, je ne me prononcerai pas, mais au moins sa sortie le fait entrer dans l'histoire ce qui n'est déjà pas mal.

Vous voulez que je vous rafraîchisse la mémoire ?

Sa mort, sans qu'on puisse vérifier sa véracité s'est transformée en légende vivace et les versions restent soumises à la controverse. Rien ne permettra jamais de démêler le vrai du faux, et selon les auteurs une interprétation prévaut sur une autre aussi acceptable. Plus que ses écrits ou ce qui en reste, c'est sa sandale qui l'a rendu célèbre.

On trouve là encore un exemple s'il en était besoin, (qui n'encourage pas la vie intellectuelle cela dit en passant) de la vanité qu'il y a à passer sa vie à cogiter, pour que l'histoire finalement ne retienne de vous qu'un accessoire vestimentaire. Le comble de la futilité pour un intellectuel, peut-être ?

On rapporte qu'il s'est jeté dans le cratère de l'Etna. Soit il a laissé ses sandales au bord comme preuve de sa présence en ce lieu avant de se jeter dans le feu, soit le volcan a expulsé sa sandale comme un signe apportant la confirmation matérielle qu'il s'était bien précipité dans ses entrailles.

～

Empédocle, c'est le second prénom de mon père. Vous voyez je n'aurai pas gagné au change, même si les Siciliens tirent gloire qu'il soit des leurs. Ce n'est pas plus un saint qu'Aflio n'en est un.

Bénito Empédocle… Ouf ! Merci maman.

~~~

En fait ma mère était la seule à appeler mon père « Béni ». C'était un usage personnel, exclusif, intime. Tout le monde l'appelait Beb. Quel rapport avec son prénom ? En fait Beb reprenait les initiales de ses prénoms et de son nom. Oui c'est idiot, mais que voulez-vous, il en est souvent ainsi des surnoms ou des diminutifs, ils se construisent sur des critères improbables. Il était impossible d'utiliser comme cela se fait parfois les initiales du seul prénom usuel et du nom, cela aurait donné BB et les moqueries n'auraient pas manqué. Il ne faut pas mésestimer l'amour-propre des Siciliens. Brigitte Bardot était très populaire au point de supplanter nos propres stars.

Je vous ai prévenus, chez nous, c'est toujours tortueux. Les raisonnements prennent des chemins de traverse pour arriver à la même conclusion mais le trajet revêt un caractère essentiel.

Beb !

Il était seul à le porter.

Pas de risque d'homonymie. Il était unique. À la réflexion, ça devient une marque de famille. Nous sommes marqués par le destin sur ce plan.

Beb c'était la contraction de Bénito, d'Empédocle et de notre nom de famille. Un nom
~~~

de famille, dans la lumière et sulfureux, vous imaginez le handicap supplémentaire.

Bénito Empédocle Berlusconi… Beb !

Oui ma famille s'appelait Berlusconi même si elle n'avait rien à voir ni de loin ni de près avec « *il Cavaliere* ». Au temps de sa splendeur encore on aurait pu en tirer quelque gloire, cultiver un silence ambigu, mais cela n'a pas duré et les remarques, les questionnements, n'ont pas manqué. Sans cesse il fallait répondre aux interrogations : êtes-vous de sa famille ? Et encore la question venait des plus directs, des plus francs, la plupart du temps un petit sourire narquois suffisait pour exprimer la pensée profonde.

Bénito Berlusconi, le prénom et le nom de mon géniteur, tel était mon destin. Loin d'en tirer une fierté, ma mère espérait que la nouvelle génération s'imposerait et ferait oublier ces références inappropriées c'est pourquoi elle veilla au grain. Hélas elle n'obtint pas totalement satisfaction. J'ai échappé au pire mais Aflio Berlusconi, ce n'est pas franchement idéal non plus…

8

Ma mère, romaine, s'appelait Sophia. Je crois que la célébrité de Sophia Loren n'était pas étrangère au choix de ce prénom. Comme si cela avait pu ajouter à sa beauté et à sa classe. Il était difficile de ne pas succomber à son charme. Ce qui accrochait le regard au premier abord, c'était sa manière très personnelle de se mouvoir. Peut-être cette façon particulière de projeter sa jambe en avant et de marquer un temps d'arrêt avant de lancer l'autre ? Elle ne marchait pas, elle ondulait avec une aisance qui frappait les observateurs. Elle n'avait suivi aucun cours de danse, n'avait jamais défilé dans quelque concours de beauté ou de mode, mais en avait naturellement adopté la posture. Le moindre vêtement porté par elle devenait d'un chic à rendre jaloux les stylistes des meilleures boutiques. Son allure bourgeoise, sa prestance naturelle auraient pu laisser croire à une femme sage et tempérée mais elle trompait son monde, chez elle rien de sage et de tempéré. Elle avait reçu une éducation stricte, dont elle essayait par certains côtés de se défaire. C'était sans doute en réaction qu'elle avait décidé d'adopter une liberté de ton, d'être dans l'excès des sentiments, de s'adonner à la vie passionnément.

〜〜〜

Son père, dur et exigeant, ne laissait pas de place à la frivolité. Il avait étudié les règles monastiques, comme celle de saint Benoît et s'il ne s'en était tenu qu'à lui, il l'aurait mise en pratique dans sa propre famille.

Ma mère avait presque une aversion pour les repas dans son enfance si bien qu'elle s'était attachée à les rendre joyeux chez nous.

« Ce n'était pas un moment de détente, me racontait-elle, consacré aux échanges amicaux entre parents et enfants comme il se doit, mais une épreuve quotidienne. Il fallait répondre aux interrogatoires, justifier de ses résultats scolaires, réviser les règles d'une bonne éducation, s'assurer de la conformité des comportements avec l'enseignement de la religion catholique, bref, un pensum. » Pour clore le tout, quand les enfants furent en âge, (elle était la petite dernière, précédée par deux frères bien plus âgés, un accident comme on dit pudiquement) son père institua des lectures durant les repas, comme on le fait dans les réfectoires des pensions catholiques ou les couvents et monastères. Dans sa grande tempérance il n'alla pas jusqu'à exiger que les lectures se limitassent aux Saintes Écritures, « la *lectio divina* », mais tout de même il en faisait seul les choix et cela n'avait rien de divertissant. On révisait les classiques, on complétait ce que le lycée avait omis d'inscrire au programme.

Ma mère était partagée entre l'admiration de son géniteur et un rejet, elle disait que confrontée à son rôle d'éducatrice à son tour, elle faisait preuve d'une certaine indulgence. « Au fond disait-elle, il aurait pu me dégoûter à jamais des livres et il a réussi à me les faire aimer, au-delà du raisonnable. De même il m'a enseigné la rigueur, l'approfondissement, la ténacité… La culture ne viendra jamais à toi sans que tu produises un effort. Il faut lui envoyer des signes, disait-il. » Avec le recul, elle ajoutait : « je reconnais que j'ai évolué dans mon appréciation, il y avait du bon, il n'avait pas tort même si à cet âge-là on aimerait bénéficier d'un peu d'autonomie, s'affranchir de préceptes moraux qui ne découlent pas de nos choix mais qu'on nous demande d'adopter sans les soumettre à discussion. Enfin je n'en suis pas morte, Dieu merci ! Je ne veux pas cela pour toi Aflio, mais j'essaie d'en retenir le meilleur.

Je dois à la vérité de dire également que l'enseignement religieux catholique m'a beaucoup apporté, cela m'a permis de m'interroger sur l'état de la société à partir de l'enseignement du Christ, des idéaux qu'il a édictés et de me construire. Sans cette culture judéo-chrétienne, je crois que j'aurais eu plus de mal, que je serais devenue différente. C'est sans doute plus facile de s'approprier des règles, de faire le tri et même de s'en détacher, que lorsqu'on n'a rien reçu et qu'il faut s'inventer de toutes pièces. Distinguer le bien du mal ce n'est peut-être pas si naturel, enfin je crois. »

La rupture avait été consommée lorsqu'elle avait refusé de céder à la pression familiale pour épouser, contre l'avis de tous, Béni, l'amour de sa vie, comme elle aimait à le rappeler.

～

Moi enfant, je l'observais pour essayer de faire son portrait. Je ne retenais que des éléments factuels mais j'étais bien maladroit dans le maniement de mon crayon. Dans mon tâtonnement j'essayais d'identifier la forme de l'œil, de la bouche, des lèvres, du nez, des cheveux, tout cela assemblé était souvent disproportionné, plat, inexpressif. J'étais déçu de ne pouvoir restituer sa beauté physique. Que dire alors de son caractère, de sa personnalité !

〜

Oui l'œil était noir, surmonté d'un sourcil bien marqué, qui je m'en rendis compte après des années d'exercices, élargissait son regard. Mais comment traduire cette capacité à décocher des flèches redoutables d'un seul clignement d'œil ?

Oui le nez pouvait être qualifié de droit, sans excès, séparant les deux côtés du visage, mais mon coup de crayon tenait plus à une ligne de frontière impitoyable qu'à une transition harmonieuse. La bouche, les lèvres étaient bien dessinées, avec un v bien marqué sur la lèvre supérieure, repère facile pour moi pour coller au portrait. Ses sourires, elle en avait deux, l'un très expressif, très marqué d'un mouvement de la bouche, souvent accompagné d'un éclat de rire, franc, joyeux, l'autre plus intérieur, silencieux, moins perceptif, un simple plissement des lèvres qui traduisait une satisfaction profonde, intime, que seuls les proches pouvaient percevoir. Comment les restituer d'un coup de crayon ? J'étais désespéré de la faiblesse de mon travail. Elle m'encourageait,

59

m'assurait que je progressais, s'esclaffait parfois et me demandait quelle école m'avait inspiré pour cet exercice de style : Renoir, Picasso, Chagall, Modigliani, Matisse, Du Buffet ou Alo… Elle en profitait pour me montrer quelques-uns de leurs portraits et souligner la diversité des approches. Elle me donnait des conseils judicieux, m'incitait à approfondir mon observation, à noter des détails et à affûter mon sens critique. Elle était ma muse, mon modèle.

⌇

Son caractère très enjoué conduisait à la redouter si on en faisait les frais, et à l'aduler si on évoluait dans son sillage. Elle ne cherchait pas l'affrontement, elle était même plutôt diplomate dans la vie quotidienne, ne montrant son caractère et son opposition que pour des sujets forts, vitaux. Son essentiel. « Inutile de perdre son temps et son énergie à vouloir rendre intelligents les imbéciles qui sont persuadés de ne pas l'être, disait-elle, et concentrons-nous plutôt sur ceux qui veulent comprendre, se montrent curieux et désirent sincèrement partager le savoir plutôt que leur savoir. » Je ne comprenais pas tout mais elle y revenait souvent pour me laisser le temps de m'imprégner, de questionner.

C'était une excellente pédagogue je crois,

dotée d'une curiosité insatiable, ce qui va de pair peut-être ?

Ayant étudié la littérature étrangère elle avait une préférence pour les lettres et la culture française, qu'elle continuait de découvrir et d'approfondir. « On n'en a jamais fini d'apprendre », disait-elle. Elle parlait bien le français et même lorsqu'elle s'adressait à nous en italien, elle truffait ses phrases d'expressions et de mots français, soulevant des interrogations chez ses interlocuteurs. Elle s'en amusait.

Elle faisait constamment attention à sa ligne, évitait la nourriture trop riche. « Les Siciliens consomment trop de pâtes », observait-elle. Mon père le prenait comme un reproche et lui précisait que son pays n'avait pas le choix, que sa famille en mangeait à presque tous les repas pour des raisons économiques. Elle allait le plus souvent à pied de notre domicile à son travail. Outre l'hygiène de vie qu'elle associait au fait de marcher, elle se félicitait de croiser les gens dans la rue, d'échanger ne serait-ce qu'un bonjour, ou un mot, de quoi illuminer la journée de quelques-uns par trop isolés. Elle était habitée par cette forme d'humanité qui lui venait de son éducation chrétienne, de son enfance et loin de vouloir s'en débarrasser elle prétendait que c'était une richesse qu'il fallait cultiver. Elle n'était pas indifférente aux autres. Elle m'encourageait à suivre son exemple, à me montrer poli, courtois et attentif. « Ça ne coûte rien, ajoutait-elle, et ça fait du bien aux autres et à toi-même ! »

〜〜

Mon père n'était pas mal du tout aux dires des dames et il le savait. Elles ne pouvaient pas résister à l'attraction de ses yeux, d'un bleu insolent, qu'on pouvait se risquer à qualifier de ionien, en harmonie avec la mer qui bordait sa terre d'origine. Il usait et abusait de ce pouvoir magique pour capter le regard de son interlocutrice qui tombait sous son charme, estompant presque les autres traits de son visage, qu'il avait fins et réguliers. Athlétique, il avait beaucoup pratiqué le sport dans son enfance et à l'adolescence il avait bénéficié de conseils avisés, pour se muscler, trouvant ses pectoraux un peu faibles, pour se valoriser sur la plage devant la gent féminine. Grand, svelte, le cheveu noir, court, il hésitait beaucoup sur l'adoption de la moustache, la laissant pousser, puis lorsqu'elle avait atteint une certaine densité il la rasait. Il essayait toutes les alternatives, fine sur la lèvre supérieure, plus épaisse ou encore taillée au cordeau ou libre et en broussaille. Il était très influençable sur cette question, changeant de position selon ses conquêtes. Avec ma mère la question fut rapidement tranchée, elle détestait et la décision fut définitive et sans appel. Ce fut pour lui comme un souci en moins. Je ne l'ai jamais vu dans mon enfance avec une moustache, juste sur des photos de jeunesse et c'est vrai qu'il avait procédé à des tests multiples, ce qui nous faisait rigoler à ses dépens.

Ma mère, attachée à son indépendance, convaincue d'avoir la maîtrise de sa propre vie, abandonna toutes ses certitudes pour le beau gosse qui croisa son chemin. Entre eux cela avait été un coup de foudre et sans réfléchir elle était tombée dans ses bras, prête à le suivre jusqu'au bout du monde. En fait le bout du monde se trouvait à Catane. Elle avait quitté Rome, sa famille, pour suivre celui qui la faisait rêver, qui lui promettait une vie d'amour sans autres précisions.

Peut-être aurait-elle dû aux dires de certains Romains se montrer moins impulsive, raisonner, attendre peut-être de le connaître mieux, mais passer à côté d'un amour fusionnel, passionné, ce n'était pas dans sa nature. Toutes les jeunes filles rêvent de ça paraît-il ? Moi je n'ai pas d'avis encore, outre le fait que je ne suis pas une fille et j'ignore si les garçons ont des aspirations de cet ordre. Dans les faits, m'avait-on raconté plus tard, sa famille était réticente, voire opposée à ce mariage trop rapide, trop expéditif. Je m'en rendis compte assez vite.

Rome comptait beaucoup pour ma mère et pourtant elle n'avait pas hésité. L'amour, la romance, le verbe, le charme, ses yeux, le vin blanc, la chaleur de l'été, et toutes ses réserves étaient tombées, la raison l'avait abandonnée. Aaaah l'amour !

～

Bon où en sommes-nous ?

Ah oui, mon père se trouvait devant cette mission impossible : faire accepter mon prénom à ma mère.

Ma mère et sa famille. Déjà que les deux familles se battaient froid, là avec cet épisode la guerre allait survenir. Il lui fallait trouver une raison sérieuse pour justifier cette dérive. Remarquez la réponse est extrêmement simple mais voilà, comme souvent, elle n'est pas avouable. Elle tient à une beuverie largement partagée, il faut le reconnaître, ce qui atténue un peu la responsabilité personnelle de mon géniteur. Mais difficile à faire admettre aux Romains, bien-pensants, bon chic bon genre, c'est ainsi qu'ils étaient perçus par les Siciliens.

Comment en étions-nous arrivés à cette situation ? Tout l'argumentaire développé pour faire accepter Alfio était par terre.

Le premier, la filiation avec le grand-père paternel, anéanti.

Le second, le lien avec le village ancestral, plus d'objet. Le retour au pays pour l'accouchement avait perdu sa raison d'être.

Le troisième, un saint respecté, à la notoriété forte, remplacé par un païen sans existence.

Le quatrième, le patronage, par ricochet d'un trio de saints, … exit.

Un petit-fils né dans une famille romaine, catholique, respectable, pratiquante, portant un prénom qui n'a aucune référence, qui n'est même pas celui d'un saint, franchement le « Bénito » il faisait fort. Une répudiation pure et simple, une interdiction de séjour, un enlèvement de la mère et de son fils pour un exil protecteur à Rome, voilà la sanction qui se profilait. Il en transpirait le « Béni » de devoir s'expliquer.

Je n'étais qu'un bébé, qui n'avait pas encore conscience de toute la charge qui reposait sur ses épaules, et des enjeux parentaux qui se profilaient.

9

Nous quittâmes rapidement Saint-Alfio pour rejoindre le domicile familial à Catane en ses premiers jours de mon existence. On chercha à gagner du temps avant de faire le voyage à Rome pour me présenter. Je n'étais pas loin d'être répudié, rejeté, exclu. Seule la branche sicilienne m'avait encore en estime. Et encore je le subodorais. Je fais une digression, excusez-moi, mais j'adore ce mot « subodorer », qui dénote un peu dans la bouche d'un enfant. Quand ma mère l'a introduit dans une phrase pour la première fois, alors que je commençais à comprendre le langage des adultes et quelques mots de français, j'ai montré un peu d'étonnement. Elle m'en a appris le sens et à le prononcer. Et ensuite, séduit, chaque fois que je pouvais placer ce mot je ne m'en privais pas, rien que pour voir la tête de mes interlocuteurs. Un plaisir intime. Ma mère adorait mon jeu.

J'usais aussi de régurgiter. Lorsque nous étions en voiture et que j'étais incommodé, ma mère alertait : « Béni, arrête-toi Aflio va régurgiter ». En fait j'étais à deux doigts de vomir, mais elle n'employait jamais ce mot pourtant fort commode et fort imagé pour tous. Du coup j'étais très familiarisé avec son usage et dès que je fus en âge de le caser, je l'ajoutai à mon vocabulaire original. Cela me rappelle un autre épisode de ma vie d'enfant. Oui, ma mémoire est sollicitée, je n'y puis rien, une chose en entraînant une autre, vous savez ce que c'est…

Un jour je fus malade au point d'être hospitalisé. J'étais mal en point, j'avais de la fièvre et du coup je régurgitais généreusement. On chercha la cause et on diagnostiqua un staphylocoque. Je fus mis sous perfusion. Ma mère m'expliqua qu'une vilaine bactérie avait décidé de m'attaquer et que le liquide qu'on m'injectait avait le pouvoir de lui faire la guerre et de la mettre KO. Gino, mon copain, était venu me voir, il avait été autorisé à la condition de suivre des règles sanitaires strictes, de mettre un masque et de se tenir à distance. Il était à la fois amusé de devoir se déguiser et un peu effrayé. Gino n'était pas trop téméraire à la vérité. Je lui annonçai avec un brin de fierté.

— J'ai un staphylocoque.

Il prit un air ébahi.

— Quoi ?

— Un staphylocoque, répétais-je, content de maîtriser un terme aussi difficile que j'aurais été bien incapable d'écrire et dont j'ignorais la réalité.

Devant son visage toujours aussi fermé j'adaptai mon vocabulaire pour qu'il progresse dans la compréhension de ma maladie.

— Un microbe.

Je lui expliquai alors que j'étais en pleine bataille. Il m'offrit ses poings pour vaincre cet adversaire invisible et participer à la victoire. C'était un vrai pote, Gino !

Excusez-moi j'ai encore fait une digression, je suis incorrigible mais en même temps il me paraît important de vous tenir au courant de mon intérêt pour un vocabulaire d'usage inhabituel chez un enfant et qui plus est, emprunté à une langue étrangère.

～

Je reviens à l'estime supposée que l'on me porte à cette période de ma vie. C'était peut-être parce que nous étions éloignés de Saint-Alfio et que les autres membres étaient disséminés plus ou moins dans la province ou à l'étranger, de sorte que nous ne nous voyions pas souvent en réalité.

〰

Je vous ai expliqué comment j'avais hérité de ce prénom original, unique, cause de bien des tourments et qui me força à revêtir les habits d'un saint à défaut d'en avoir *ipso facto* la protection. Intuitivement, en grandissant, je me mis à compenser, à me comporter tel que l'aurait fait un saint potentiel pour en acquérir le statut. Je sentais que ma mère était fortement affectée, même les nourrissons sont instinctifs, plusieurs études le prouvent, si, si… J'avais peur qu'elle ne m'aime pas pour cette seule raison : mon prénom. J'avais bien compris qu'il était le point de départ de tension entre les époux et la famille. N'étais-je pas l'objet d'une déception ? Pour conserver son amour je devais me montrer sous mes meilleurs jours, être en tout point à la hauteur. Dès mon jeune âge, je m'intéressai d'une manière inattendue à la vie des saints. Aucun de mes camarades ne marqua un intérêt pour ce domaine de connaissances. Les vignettes des stars du foot, les héros du Giro, des dessins animés, les jeux vidéo, oui, mais la vie des saints, franchement non. Pour un peu on aurait pu s'imaginer que j'avais la vocation, qu'à terme j'entrerais dans les ordres et me consacrerais à la vie religieuse. En réalité, au fond de moi, seul le fait de conserver l'amour de ma mère me préoccupait.

〜〜〜

J'ai peu de souvenirs de la vie à Catane, j'étais trop jeune. J'ai dû en partir peu après mes six ans. Je reste sur de bonnes impressions. Je crois que j'ai eu une petite enfance heureuse. Ma mère m'en a souvent fait le récit. J'aimais l'accompagner à la messe à la cathédrale Sant'Agata, c'était l'occasion pour moi de m'arrêter devant « Liotru ». Vous ne connaissez pas « Liotru » ? Notre éléphant, la sculpture symbolique de notre ville dont nous sommes si fiers. « La Fontaine de l'éléphant » s'élève sur la place du Duomo, elle fait face à la cathédrale Sainte-Agathe, la patronne de la ville. C'est un lieu privilégié. J'y reviendrai.

Moi j'adorais l'histoire de « Liotru » cet éléphant noir qui portait sur son dos un empilement que je craignais de voir basculer. Moi-même je m'essayais à échafauder des cubes qui ne résistaient pas longtemps et je m'étonnais de voir que lui s'en sortait bien.

J'étais en admiration à chacun de mes passages. Autour de la fontaine régnait une animation permanente, en toute saison, jusqu'à tard dans la nuit. Elle était le point de ralliement, le passage obligé de tout visiteur, de tout résident. Le côté cosmopolite ne cessait de m'enchanter. Je posais mille questions à ma mère qui tentait d'y répondre avec des mots compréhensibles pour un jeune enfant. Je découvrais des personnages curieux, aux ordres d'un maître qui brandissait un parapluie, une bannière rouge, bleue, verte ou un chapeau particulièrement laid le désignant à son groupe pour rallier ses auditeurs, tous équipés d'écouteurs, qui virevoltaient, tournant la tête à droite, puis à gauche, dans un mouvement d'ensemble selon un rite qui m'échappait. Je voyais ce qu'on leur demandait de voir, mais je n'entendais rien des explications qui leur étaient dispensées. Côte à côte toutes les langues cohabitaient. Loin de se fondre entre elles, elles se superposaient dans une cacophonie qui m'effrayait un peu. Une sorte de supra langue, de novlangue peut-être, mais incompréhensible.

« Liotru » c'était l'un de nos protecteurs contre les éruptions de l'Etna, il était doté d'un pouvoir magique. Je n'en doutais pas. Sainte Agathe aussi. Son martyre avait provoqué la colère de Dieu, faisant trembler la terre pour que nul ne l'ignore, mais j'y reviendrai.

Quand j'en avais fini avec l'éléphant je réclamais une *gelato*. Nous avions le choix du glacier, mais ma préférence se portait pour un commerce réputé bien au-delà des frontières, dont le service était une source d'émerveillement. La queue des clients devant sa boutique était toujours très fournie et parfois ma mère pressée me suggérait un autre étal. Je ne cédais pas. Elle faisait la moue mais me comprenait. C'est elle qui m'enseignait à ne pas sacrifier à la médiocrité, de vouloir toujours le meilleur. Pas question de remplir le cornet d'une boule plus ou moins bien formée, non il s'agissait alors de la façonner dans le grand art sicilien : d'étirer la crème à la pistache, mon parfum préféré, pour en faire une volute qui donnait l'impression de s'élever à l'infini. La présentation revêt autant d'importance que son goût. Vous autres, français n'avez pas le savoir-faire et vos glaces dites « à l'italienne », que j'ai eu l'occasion de goûter, ne sont qu'un ersatz qui ne souffre aucune comparaison avec les nôtres. Je me demande si on ne pourrait pas parler carrément de contrefaçon !

⌇

C'était un quartier que nous fréquentions beaucoup. Ma mère se rendait très souvent à la piazza Universita où elle avait des amis et faisait quelques travaux de documentation pour un professeur chercheur de ses relations. Parfois elle m'emmenait avec elle et je devais promettre de demeurer sage et surtout silencieux. Elle m'installait au bout de la très grande table qu'elle occupait et sur laquelle elle disposait ses dossiers pour les inventorier. Elle devait glisser sous mes fesses un gros coussin qui restait là à demeure, rien que pour moi, placé sous la responsabilité d'un employé bien aimable et qui m'avait à la bonne, pour me permettre d'être à la juste hauteur pour mes propres travaux. À la réflexion je le soupçonnais d'être plus attiré par ma mère que moi-même. J'étais sans doute un facteur favorable qui lui permettait de conforter une relation. J'aimais imiter ma mère en feuilletant des magazines et en faisant mine de m'arrêter sur certains textes comme elle le faisait quand elle pensait avoir trouvé quelque chose d'utile pour la documentation qu'elle constituait. J'usais des ciseaux, bien maladroitement encore, pour découper ma sélection. Parfois elle m'adressait une remarque pour me conforter dans l'idée que nous travaillions de concert. « Aflio, as-tu plus de chances que moi, je fais chou blanc. Je brasse des papiers sans avancer »

Quand cela se prolongeait un peu trop elle sortait la boîte de crayons de couleur et un cahier qu'elle avait glissés dans son sac et me proposait de dessiner pour mieux faire passer le temps. Je gribouillais plus que je ne croquais. Dans le but de varier les plaisirs elle me suggérait aussi de faire des pages d'écriture. Elle me faisait un modèle, d'abord une lettre puis au fur et à mesure de mon apprentissage elle en vint à écrire *aflio*, et me proposa de le recopier. Je m'appliquais ne voulant pas la décevoir à en faire mille versions dans tous les coloris que m'offrait ma boîte. *Aflio*, fut le premier mot que j'appris à écrire. Quand elle me félicitait au vu de mon résultat, je n'étais pas loin de penser qu'elle ne me tenait plus grief de ce prénom si improbable. J'aimais ces moments d'intimité.

Dans cette salle, le silence qui régnait était impressionnant. Chacun qui se trouvait obligé d'échanger quelques mots le faisait à voix basse. Le lieu était ordonnancé selon des règles strictes. On aurait pu se croire dans quelque monastère soumis à une règle silencieuse. L'espace était sombre, les fenêtres laissaient peu entrer la lumière pour la protection des documents et aussi pour préserver de la chaleur les lieux. Les murs étaient remplis d'étagères chargées de dossiers cartonnés entoilés, tous d'un noir unifié, identifiés les uns des autres par des lettres rouges codées. Pour en connaître le contenu il fallait se référer à un fichier qui révélait l'état des documents conservés dans les boîtes et dont la consultation était soumise à autorisation. Quand la lumière du jour manquait, des petites lampes de bureau prenaient le relais, n'éclairant qu'une surface très délimitée ce qui ajoutait à l'atmosphère déjà ténébreuse. J'aimais pouvoir jouer avec l'interrupteur et plonger mon espace de travail sous le feu du projecteur et le ramener ensuite dans la demi-pénombre. J'exerçais mon pouvoir. Il ne fallait pas que j'en abuse. Ma mère d'un seul regard m'envoyait un message fort, signe de la fin du jeu.

Quand elle ne pouvait m'emmener avec elle et que je la rejoignais plus tard, conduits par un tiers, elle me proposait d'aller acheter des pâtisseries pour se faire pardonner. Elle me demandait de la conseiller, de choisir pour elle. Je mettais un temps infini à me décider devant la vitrine réfrigérée, aussi riche que la palette d'un peintre. Chez nous les pâtisseries sont très colorées. J'allais et venais d'un bout à l'autre de l'étal, voulant tout embrasser du regard avant d'indiquer mon choix. La vendeuse habituelle se montrait patiente, faisait mine de me conseiller, me faisait goûter à l'occasion. Parfois je tombais sur une jeunette peu encline à me consacrer du temps et je voyais à sa mine qu'il fallait que je mette un peu plus d'empressement à me prononcer. Ma mère ne disait rien, me laissait toute latitude. C'était un jeu entre nous. Allais-je prendre des crémeux ronds au glaçage blanc, rose ou vert ou encore chocolaté, ou des buccellatini fourrés aux figues ou plutôt des cannolis étirés et creux comme des tubes, généreusement fourrés de crème à la pistache ou encore le « sainte-agathe », une institution, avec sa cerise confite qui le couronnait et m'adressait un clin d'œil ? J'avais encore le choix de petits biscuits ronds, secs, fourrés de pâte d'amande ou de pistache et recouverts de sucre glace, agrémentés d'une amande ou d'une pistache, délicieux à souhait. Avouez qu'il y avait matière à réflexion.

～～

Ensuite nous allions les déguster au Giardino Bellini, au jardin Bellini. À ces moments-là je ne doutais pas un instant de l'amour qu'elle me portait.

Si nous ne les consommions pas sur-le-champ et que nous les ramenions à la maison pour agrémenter notre repas familial, elle s'arrangeait pour faire remarquer à mon père combien les gâteaux étaient succulents et d'ajouter après avoir requis son consentement souvent limité à un « oui » d'une grande banalité, que j'étais responsable du choix, ce qui obligeait mon père à compléter son avis et à me féliciter. Là je nageais dans un océan de bonheur, certain de l'amour que me portaient père et mère. L'épisode du prénom me semblait oublié.

La principale distraction de ma mère était l'opéra dont elle raffolait. Mon père avait beaucoup exploité cette passion pour la convaincre de vivre à Catane. Il y avait un théâtre magnifique qui portait le nom d'un célèbre enfant du pays, grand compositeur s'il en est, Massimo Bellini. Un ténor réputé, Béniamino Gigli, avait déclaré que la salle offrait la meilleure acoustique au monde. Toujours excessifs ces Méditerranéens diront certains, que voulez-vous nous avons une réputation à tenir. Cela dit, ce ne fut jamais démenti, je parle de l'acoustique. Mon père ne se priva pas de rapporter les propos. Le théâtre avait été inauguré le 31 mai 1890 et on y avait donné, bien évidemment « La Norma » en l'honneur de Bellini. Devant l'exposé de tant d'arguments ma mère avait tendu l'oreille et cela avait joué dans son acceptation de s'installer à Catane. Elle fit juste observer que si Béniamino Gigli était un ténor de grand talent, reconnu dans le monde entier, il avait toutefois accepté de chanter la version officielle de l'hymne fasciste « Giovinezza » pour plaire à son ami Bénito Mussolini, ce qui était un point très négatif à ses yeux. Mon géniteur se le tint pour dit.

Mon père ne faisait que répéter les propos tenus à l'intention des visiteurs, diffusés par l'office de tourisme qui pour une fois trouvait sa justification à ses yeux. Il plaidait *pro domo*. Il aurait été bien imprudent de sa part de se lancer dans des détails architecturaux. Pas plus dans la biographie de Bellini et de son œuvre, il n'entendait rien à l'opéra et ne cherchait qu'à convaincre Sophia de la présence d'un puissant lieu d'attraction pour obtenir son accord. Pour mon père c'était un supplice ces concerts d'art lyrique, il aurait nettement préféré l'orphéon, mais il y trouvait d'autres compensations qui lui permettaient de surmonter le désagrément et d'y trouver un plaisir certain. Du reste, avec le temps, il finit par apprécier quelques œuvres dont « Carmen », peut-être se projetait-il particulièrement dans cette histoire.

J'ai le souvenir de la préparation de ces soirées et en conserve un sentiment mitigé. J'étais à la fois peiné d'être abandonné par ma mère, même si ce n'était que pour quelques heures et tellement heureux de la voir se parer pour sortir. Elle était ma reine. Elle enfilait une robe longue largement décolletée laissant apparaître ses épaules et ses bras dorés par le soleil, nattait ses cheveux noir jais ou les laissait libres, maquillait ses yeux, juste pour en approfondir le regard, ajoutait un collier de perles blanches. Pour apaiser ma peine elle me sollicitait pour que je la parfume. Je maniais le vaporisateur comme elle me l'avait enseigné. Elle m'encourageait : « C'est bien Aflio, tu maîtrises à merveille. Toi, tu sauras t'occuper d'une femme, plus tard… » Je humais les effluves. Mon Dieu quel bonheur intense !

Ma mère me promettait, que dès que je serai en âge, je les accompagnerai. L'avenir était riche de promesses, j'avais hâte de grandir.

♒

Ma mère exigeait que mon père revêtît un smoking. L'art lyrique se méritait. On devait être dans les meilleures dispositions pour l'apprécier à sa juste valeur. Au début de leur mariage, lors de leur première sortie ensemble il s'était montré fort réservé, craignant d'être moqué. Loin de le ridiculiser sa tenue l'avait mis sous le feu des projecteurs. Mon père avait alors abandonné toutes réticences. Les amis racontaient qu'il fallait les voir pénétrer dans le théâtre, l'un au bras de l'autre, ma mère rayonnante de bonheur, avançant avec une aisance certaine et mon père fier comme Artaban. Ils produisaient un effet incontestable. Tous les regards convergeaient vers eux, hommes autant que femmes.

Mon père prenait son temps pour gagner les fauteuils du parterre et s'installer. Il faisait durer égoïstement son plaisir. Il jetait un regard circulaire, avec une lenteur étudiée, comme s'il était en charge de vérifier le taux d'occupation de la salle équipée de mille deux cents fauteuils de velours rouge, ou de s'assurer que tous les personnels étaient à leur poste. Puis il levait les yeux vers les galeries de loges comme s'il voulait identifier quelques relations et s'apprêtait tout naturellement à leur adresser un geste amical de la main. Il ne manquait jamais de saluer ses voisins avec la plus extrême courtoisie. Une fois assis, il tenait son discours habituel à l'intention de ma mère mais surtout de leur entourage. Il faisait mine de s'étonner de la richesse du décor dont les lustres révélaient les ors et les rouges flamboyants. Ma mère rapportait qu'il concluait toujours son discours de cette expression rituelle, agrémentée d'un clin d'œil à son intention : « feu et or, les couleurs de la passion amoureuse, c'est bien Sicilien, n'est ce pas », prenant à témoin les occupants des fauteuils voisins.

〜

Il n'allait pas plus loin, de peur qu'on ne l'interrogeât d'une manière plus ardue sur le plafond peint par Ernesto Bellandi sur la thématique des chefs-d'œuvre de Bellini, « La Sonnambula », « Puritains », « Le Pirate », et bien évidemment « La Norma » dont il aurait été bien imprudent de sa part d'en désigner l'emplacement précis sur la voûte céleste.

Il ne manquait pas, prenant son épouse à témoin, de lui désigner le rideau de scène illustrant un épisode glorieux de l'histoire de la ville peint par Guiseppe Sciuti, un peintre catalan, « La Victoire des Cataniens sur les Lybiens ». Un témoignage de la bravoure de ses ancêtres. C'était l'occasion de valoriser son territoire par rapport à la ville bénie, Rome, celle de ma mère. Sophia se moquait de lui, disait qu'il radotait, qu'il faisait sa grande scène lui aussi, mais que Dieu merci il ne la chantait pas. Elle avait de l'humour, parfois d'une manière si subtile que je ne comprenais pas. Elle m'initiait.

Je l'interrogeais voulant connaître mille détails sur ces soirées intimes dont j'étais pour le moment exclu. Elle me racontait que, pendant que mon père faisait ses commentaires, les musiciens entraient et s'installaient dans la fosse d'orchestre. Ce lieu ne me disait rien et me paraissait bizarre. Ils accordaient leurs instruments, vérifiaient qu'ils étaient prêts, qu'ils disposaient de la bonne partition, que les feuillets étaient en bon ordre. C'était me disait-elle, une manière de se rassurer, de contenir leur tract. Je ne me rendais pas compte de ce que c'était qu'avoir le trac. Tout cela se déroulait sans altérer les conversations personnelles dans la salle. Lorsque la lumière des lustres s'atténuerait jusqu'à plonger la salle dans l'obscurité, alors le chef d'orchestre ferait son entrée sous les applaudissements du public. Puis le silence s'installerait, et les premières notes jailliraient, me contait-elle. Tout était codifié.

〜〜〜

À compter de cet instant mon père changeait du tout au tout. Quand les premiers accords retentissaient, que le rideau se levait, il se faisait discret, s'effaçait, veillant à ne commettre aucun impair. Il n'applaudissait que lorsque sa femme avait déjà réagi, ne sachant jamais quand il était opportun de se manifester. Il se faisait résumer le livret par ma mère afin de comprendre le fil de l'intrigue et ne s'exposait jamais à donner un avis avant qu'elle n'eût exprimé le sien. Toujours il limitait son propos à quelques banalités. À cet instant il se montrait sobre. Il ne se sentait pas en terrain conquis.

Mes parents ne rentraient pas toujours directement après le concert, dînant dans quelques lieux connus, prolongeant la soirée, étirant ce temps de bonheur à l'infini.

Au début j'essayais de résister au sommeil, de guetter de l'oreille leur retour, mais c'était peine perdue.

Le lendemain je questionnais ma mère. Je voyais dans ses yeux toute la tendresse qu'elle portait à mon père, et le récit qu'elle m'en faisait, m'apaisait, père et mère s'aimaient. Je n'étais pas un obstacle.

10

Au fur et à mesure que j'avançais en âge, que je pouvais approfondir mes connaissances, ma mère me livrait quelques éléments supplémentaires pour susciter mon intérêt et étayer mon raisonnement. Elle procédait de manière très pédagogique, évitant de me heurter, privilégiant les aspects positifs de la vie, passant sous silence les méfaits de l'humanité. La protection a du bon mais un jour je fus en âge d'être confronté au sordide. Oui, j'ose le mot.

Ainsi à force de fréquenter la cathédrale, j'en appris plus sur sainte Agathe. Il ne suffisait plus de dire qu'elle avait été martyre, je voulais en connaître la manière. Avec des précautions, mais tout de même le choc fut brutal, je découvris que sainte Agathe fut sacrifiée pour s'être opposée au préfet romain, Quintanius, en 250. Le fond de l'affaire m'échappait. Qu'avait-elle fait de si grave pour être punie aussi sévèrement ? Je ne comprenais pas. Je fus sur mes gardes. La prudence m'était conseillée, surtout que parfois mon père menaçait de me punir. J'étais terrorisé. N'allais-je pas finir martyr ? En fait, je ne le sus que plus tard, elle avait refusé les avances du Romain, mais pour moi à mon âge cela n'avait aucun sens, je n'aurais pas compris. La rumeur disait qu'il lui avait fait couper les seins, ça, on me le confirma. Tous mes camarades le répétaient à l'envie comme si cela fut un geste habituel. Impossible de l'ignorer dans cette ville où chaque visiteur en entendait le récit. Arrachés par des tenailles me fut-il précisé beaucoup plus tard.

Lorsqu'il m'arrivait de contempler ma mère, je m'attardais sur ses seins et imaginais le supplice. Un jour je me mis à pleurer. Ma mère s'inquiéta, que se passait-il, pourquoi ses pleurs subits et incompréhensibles. Qu'avais-je ? Je ne dis rien de mon tourment, mais la vie de sainte Agathe me bouleversait profondément. La légende précisait que saint Pierre l'aurait guéri et que le préfet en fut si contrarié qu'il la fit exécuter en la traînant sur des charbons ardents. À quoi bon l'intervention de saint Pierre alors ? Tout ça me laissait perplexe.

Chaque fois que je me trouvais face à une représentation, sculpture ou peinture, j'étais saisi d'effroi en imaginant sa souffrance. Je suis admiratif de son courage. Triste destin tout de même.

Sainte Agathe jouit d'une notoriété exceptionnelle en Sicile et bien au-delà. Partout en Europe son culte est célébré et de très nombreux peintres, et pas des moins connus, ont illustré son martyre et les toiles essaimé. Il est même fait allusion à elle dans quelques films. Elle n'est pas seulement la patronne de la ville de Catane, mais plusieurs professions se sont placées sous sa protection : fondeurs de cloches, nourrices, bijoutiers, entre autres. Chaque année, à la date anniversaire de sa mort, en février, le buste qui la représente et qui contient ses reliques, quitte provisoirement la cathédrale, est installé sur un char « le *fercolo* » qui mène la procession dans les rues de Catane. Personne n'ignore ici que la ville lui doit son salut. Un an après, au jour anniversaire de sa mort, l'Etna entra en éruption et une coulée de lave s'épancha jusqu'à l'entrée de la ville. C'est en brandissant le voile qui avait été déposé sur sa sépulture, devant le flux incandescent que le miracle se produisit, stoppant l'avancée du fleuve de feu et sauvant Catane de sa destruction. Trop fort !

Sainte Agathe détrôna alors Isis protectrice de la ville.

Ma famille n'échappa pas aux fêtes de sainte Agathe, impossible dans cette ville de les ignorer. J'aimais bien me mêler à la procession et perpétuer sa mémoire, cet hommage collectif m'enchantait.

〜

Il faut que je vous précise que le culte de sainte Agathe prend parfois des allures curieuses, car c'est à ça que je voulais en venir. Oui j'ai fait un détour pour que vous compreniez mes raisons. Ainsi le « sainte-agathe » est un gâteau très apprécié à Catane, presque la pâtisserie officielle. On dit les « *Minuzzo* ». Ils sont plus petits et on les consomme par paires pendant les fêtes. J'ai eu l'occasion d'y faire allusion. Un biscuit rond légèrement bombé à l'image d'un sein, rempli de fromage frais, enrobé d'un glaçage blanc et surmonté d'une cerise confite, (un zeste d'érotisme), le « sainte-agathe » se déguste dans toutes les familles. Un touriste se doit de le goûter avant de repartir, sinon son voyage serait amputé d'un élément essentiel.

Mon père lui-même ne le déteste pas lorsqu'il pioche dans ma sélection. Et bien c'est fini. L'idée même de lui dévorer les seins par biscuit interposé après ce qu'elle a enduré, me révolte. Je suis entré en résistance. Je ne comprends pas cette idée saugrenue qui est venue aux pâtissiers de faire un tel gâteau. Le côté mercantile me heurte. Exploiter la notoriété de sainte Agathe, son sacrifice pour en tirer un profit gourmand, franchement ma petite conscience s'était sentie mise à mal. Jamais plus je ne choisirai un « sainte-agathe ». Il y a d'autres alternatives.

〜〜

Mon père s'en aperçut. Un jour il posa la question. Pourquoi ce gâteau avait-il déserté la table familiale ? Ma mère ne dit mot. Elle était dans la confidence. Je m'étais livré à elle. Je me lançai et j'exposai mon indignation. Avant même que mon père ne me réponde ma mère enchaîna, approuva mon point de vue et me trouva courageux de tenir une telle position.

Il en resta coi. De ce jour il dut renoncer à sa pâtisserie préférée et dut se rabattre sur une autre. Il choisit la « *cassata siciliana* », une génoise riche en pâte d'amandes et fruits confis et me demanda si j'avais l'intention de boycotter cette catégorie. Ce fut mon premier engagement dans la défense d'une cause, en l'occurrence d'une sainte.

〜〜

Au fur et à mesure que je me familiarisai avec « Liotru », que je l'observai, je découvris des détails qui m'avaient échappé et que ma mère me précisa.

L'éléphant faisait partie d'un ensemble plus vaste même s'il était l'élément central de la fontaine imaginée et réalisée par Vaccarini en 1735.

Le choix d'un bloc de lave noire pour l'éléphant et du marbre blanc pour les autres éléments de décoration n'était pas dû au hasard. On jouait sur le contraste des couleurs, l'effet noir et blanc.

« Liotru » était mis en valeur. Je comprenais la pertinence de ce choix. Je découvrais peu à peu les détails de l'empilement. Ses flancs couverts de manteaux blancs portant les armes d'Agathe, l'obélisque égyptien posé sur son dos gravé de hiéroglyphes dédiés au culte d'Isis, surmonté lui-même d'un globe entouré de feuilles de palmiers et d'oliviers, puis d'une tablette de métal avec une inscription dédiée à sainte Agathe, encore, et enfin au sommet une croix chrétienne.

Cela me faisait beaucoup de choses à comprendre. Ma mère me disait que c'était trop compliqué pour mon jeune esprit. Qu'il fallait que je m'en tienne à l'essentiel pour l'instant. Que cet empilement n'était rien d'autre que la trace des influences multiples auxquelles fut soumis ce pays. Je retins que la ville changea parfois de nom au cours de son histoire, que malgré tout l'éléphant conserva toujours le sien « Liotru » et que sous la domination arabe elle fut connue sous le nom de « Balad el-Fil » la ville de l'éléphant, ce qui me parut une évidence. J'en fis un jeu, pas peu fier d'en savoir un peu plus que mes camarades et lorsqu'on me demandait où j'habitais, je n'hésitais pas à répondre avec un rien d'arrogance, à « Balad el-Fil ».

11

Mon père s'éloignait peu à peu de mon éduca-tion laissant ma mère s'en charger. Il s'en faisait une idée bien différente de la sienne. À mon âge, me faire passer une après-midi dans une salle de l'université l'étonnait. Que pouvais-je bien y faire ? Il n'était pas loin de trouver que ce n'était pas un lieu pour un enfant. Moi, je ne m'en plaignais pas.

Après plusieurs tentatives pour aborder ce sujet, il avait opéré un repli et s'en tenait à un profil bas. Il avait été traumatisé par l'épisode de la déclaration de ma naissance et à chaque fois qu'il voulait exprimer un désaccord qui allait nécessiter un engagement de sa part, il voyait bien le retour de bâton auquel il s'exposait. Pour lui un garçon joue dans la rue, tâte de la balle, voire du poing, s'expose et se construit dans la vie réelle, en se confrontant aux réalités, pas dans un espace d'adulte confiné et sélectif. C'est dans la rue qu'il avait compris les règles de vie en société, dans son milieu, celui des démunis, c'était là, dans cet espace que tout se jouait. Il n'avait pas eu à réfléchir longtemps sur l'attitude à tenir, juste une question de survie. C'est dans la rue qu'il avait fait ses classes et même s'il avait fréquenté l'école il ne considérait pas qu'elle lui avait été extrêmement utile pour s'en sortir. Lui, même s'il avait dû quitter son village, il était resté en Sicile, d'autres membres de sa famille avaient dû partir, s'exiler en Égypte et en Tunisie pour envisager un meilleur avenir.

<p style="text-align:center">~~~</p>

Grand Dieu, il ne voulait pas que son fils connaisse le même sort, c'est bien pour ça qu'il avait abandonné toute résistance et qu'il laissait sa femme agir. Elle était plus à même de lui permettre un accès au savoir et au savoir-vivre. Il voulait que son fils bénéficie de ce dont il avait été privé mais pour lui ce n'était pas un gage de réussite, tout juste une opportunité, une chance supplémentaire dont il ne fallait pas se priver. Lui avait commencé à gagner sa vie à la force du poignet et ses poings lui avaient bien souvent servi pour s'imposer.

Il était intelligent et apte à comprendre son environnement. Sa sagacité lui avait permis de franchir des étapes, de connaître les bonnes personnes, de se trouver là au bon moment.

Il avait fait preuve d'une audace certaine en épousant la belle Sophia, presque une étrangère, qui avait croisé sa route. Un heureux coup du sort. Une fille bien au-dessus de ses moyens disaient les envieux. Quand on tombe amoureux d'une telle femme, est-ce qu'on se pose des questions, est-ce qu'on pèse le pour et le contre, est-ce qu'on se projette dans trente ans, est-ce qu'on se voit vieux à ses côtés, non, on consacre toute son énergie à l'aimer, à la rendre heureuse, là maintenant, dans l'instant… On ne lui laisse pas le temps du répit, on la courtise sans relâche, on l'aime, on l'enlève, on l'épouse… C'est ainsi qu'il avait vu la chose, sans trop penser aux lendemains. Ma mère s'était laissée faire, tout à son amoureux.

L'aimer oui, il n'en doutait pas une seconde, lui garantir une vie matérielle facile, c'était une autre histoire. J'étais arrivé un peu vite. Ce sont des choses qui adviennent, même encore de nos jours.

Je n'ai jamais bien compris ce que faisait mon père. Pour certains de mes camarades, c'était plus clair, plus facile à cerner : boulanger, cuisinier, restaurateur, peintre, conducteur de bus, commerçant, professeur, policier…

Même pour ma mère la réponse n'était pas évidente.

Quand elle posait trop de questions il esquivait. Il restait toujours évasif sur son travail. Il disait qu'on pouvait bien le traiter de macho, que c'était un trait de caractère des Siciliens de ne pas parler des affaires et que les femmes devaient demeurer à l'écart. Il prétendait même être extrêmement moderne, permettait à sa femme d'avoir une activité alors qu'autour de lui la plupart de ses relations considéraient qu'elle ne devait s'occuper que des enfants, de la famille et ne pas s'inquiéter de la source des revenus du ménage. Ma mère disait : « mon mari travaille dans le domaine du nettoyage, de la propreté. » C'est ainsi qu'elle résumait ce qu'elle avait compris de son activité professionnelle. Il encadrait des équipes de nettoyage. Elle restait sobre et évasive elle-même mais je crois qu'elle n'en savait pas plus. En tout cas jamais Beb n'en parlait à la maison.

Ils avaient fait un mariage d'amour sans se préoccuper des différences sociales, culturelles, financières, qui avaient semblé secondaires, ils étaient bien décidés à en surmonter les inconvénients pour préserver leur ménage. Leur amour affiché faisait des envieux, de quoi pourraient-ils se plaindre.

⌣⌣

Les relations familiales romaines souffraient d'incompréhensions et s'étaient distendues. Mon père sentait depuis toujours la difficulté venir de là. Il était partagé sur la conduite à tenir : y emmener plus souvent sa famille pour preuve de sa volonté de rapprochement ou au contraire maintenir un éloignement qui évitait les complications et la survenue de désaccord. Trop complexe pour lui. Il préférait se convaincre qu'avec le temps les choses allaient s'arranger, comme si un miracle était possible. Beaucoup de gens sont ainsi, quand le problème est trop difficile à traiter, qu'ils n'entrevoient pas de solutions ils préfèrent attendre espérant une résolution par l'opération du Saint-Esprit. Pour l'heure il se souciait d'améliorer notre vie matérielle espérant faire oublier le reste et se préserver de soucis financiers pour tenir le train de vie de son épouse. L'opéra, ce n'était pas donné tout de même, mais le sacrifice en valait le prix. Pour être le Roi, ces soirs-là, il se serait endetté sans hésitation. Il espérait

97

bien, un jour ou l'autre, pouvoir être en mesure de réserver une loge à l'année, ce qui lui aurait assuré une double reconnaissance : montrer qu'il en avait les moyens financiers et conforter son statut social en y recevant tous les notables de la ville, une belle revanche sur la vie. Mais il restait un long, très long chemin à parcourir…

∿

Le dimanche après-midi, nous allions ensemble à la plage nous baigner, quand la chaleur nous accablait. Les familles s'y retrouvaient. Les adultes bavardaient sans se lasser. Quand ils avaient trop chaud, ils s'immergeaient pour se rafraîchir, puis presque invariablement mon père faisait une sieste, tandis que ma mère lisait à l'ombre du parasol. Parfois Beb jouait avec moi à la balle, puis au fur et à mesure que je grandissais il passa au ballon, affichant des ambitions sportives pour moi.

La pratique du sport est un formidable outil pour créer des liens et faire connaissance, prétendait mon père. C'est ainsi que chaque semaine il organisait une partie destinée aux enfants à proximité, un prétexte pour les inviter à se joindre à nous. Je connus ainsi Gino et Maximillo, qualifiés de joueurs titulaires par Beb en raison de leur assiduité. Maximillo plaisait à mon père, il me le citait en exemple : combatif, puissant, acharné à récupérer la balle et la frappant avec une énergie surprenante pour son jeune âge. Lui au moins il avait en mémoire quelques noms des stars du foot, moi j'étais totalement ignare. L'admiration était réciproque. Maximillo guettait notre arrivée sur la plage et appréciait la perspective de jouer avec nous. Mon père lui apprenait à jongler avec la balle sur son coup de pied, ce que je ne savais pas faire, enfin pas aussi bien que lui. Ses parents n'avaient pas l'air de s'intéresser beaucoup à lui. Il pouvait bien s'éloigner, disparaître tout l'après-midi, ils ne s'inquiétaient de sa présence qu'au moment de quitter les lieux et encore. S'il s'était noyé par quelque inadvertance sans doute ne s'en seraient-ils pas rendu compte et il n'y avait aucune chance qu'ils soient à l'origine de l'alerte aux secours.

⌇

Gino, c'était un tout autre copain. Nous habitions la même rue et il avait fallu la plage pour nous rendre compte que nous étions voisins. Nos familles s'étaient cooptées. Gino était devenu un ami. Il participait par solidarité à nos matchs mais n'était pas plus passionné que moi par les jeux de balle. Sa mère ne le lâchait pas, s'inquiétant toujours pour lui, au contraire de celle de Maximillo.

Elle craignait qu'il ait faim, qu'il ait soif, qu'il ait chaud, qu'il ait froid, bref c'était insupportable pour lui et ses copains se moquaient. Un jour il m'interrogea sous le sceau de la confidence, je voyais bien qu'il était préoccupé depuis quelque temps : « est-ce que tu crois qu'on peut demander à changer de parents ? »

Oh là là… Je n'en savais fichtre rien. La question ne s'était jamais posée me concernant. J'étais satisfait des miens. Gino m'avait l'air sérieux et très affecté. Je lui dis que j'allais me renseigner auprès de ma mère, que nous pouvions lui faire confiance. « Si c'est possible, ajouta-t-il, j'aimerais bien avoir tes parents. » Voilà qui ne me convenait pas. Envisageait-il de me les prendre ? L'affaire se compliquait. Je n'étais plus très sûr de vouloir interroger maman.

— Mais pourquoi veux-tu en changer, demandais-je afin de mieux comprendre et de peut-être le convaincre de conserver les siens.

— Ma mère me gave, me répondit-il, tu as vu comme elle est grosse, je ne veux pas devenir comme elle. Toi, ta mère elle est super !

∼∼∼

Ses arguments étaient justes et convaincants. J'étais d'accord : ma mère était magnifique, et la sienne un peu trop enrobée. J'étais réticent, imaginez que ce soit envisageable de changer de parents et que Gino fasse son entrée dans ma famille. Que m'arriverait-il ? Devrais-je en trouver moi-même d'autres, ou devrais-je les partager avec Gino ? Je fus tourmenté à mon tour.

Mais mon amitié avec Gino m'obligea à remplir mon engagement. Je profitai d'un tête-à-tête avec ma mère pour aborder d'abord indirectement le sujet. Elle dissimula sa surprise, fit mine de détachement, mais je la connaissais ma mère, elle était triste. Ainsi je voulais changer de parents, n'étais-je pas heureux avec eux ? C'est là que je dus démentir, expliquer qu'il ne s'agissait pas de moi mais de mon ami Gino. Elle trouva la demande inhabituelle mais que j'avais eu raison de m'en ouvrir auprès d'elle. Les enfants se posent parfois des questions qui surprennent les parents, mais elles sont néanmoins légitimes et les adultes sont là pour y répondre, et écarter des angoisses inutiles. Est-ce que je savais pourquoi Gino voulait changer de parents ? Était-il mal traité ? Il ne lui semblait pas mais sait-on ce qui se passe au sein des familles. En tout cas il avait bien fait de me parler, les amis servent à ça. C'était une marque de confiance à mon égard. Que savais-je de plus ? Il ne veut pas devenir gros comme elle, elle le pousse toujours à manger, répondis-je.

C'était donc ça. Elle me dit que Gino ne souffrait pas d'un manque d'amour de sa mère mais plutôt d'un excès. Qu'elle en parlerait discrètement avec elle à l'occasion, qu'elle ne saurait rien de la démarche de Gino. Motus et bouche cousue ! Bon mais je n'étais pas totalement rassuré, la question demeurait. Gino pouvait-il changer de parents et me priver des miens ? Naturellement non, me répondit-elle, d'ailleurs s'il lui arrivait par malheur d'être éloigné des siens, il serait le premier à le regretter, il en serait très chagriné. Nous allons l'inviter plus souvent à venir chez nous, nous sommes voisins et amis, c'est bien normal.

Gino reçut l'assurance que sa mère lâcherait du lest. Il fut satisfait de la réponse. Notre amitié en fut un peu plus scellée.

Beb voulait m'apprendre à nager ne voulant pas être en reste sur mes apprentissages et démontrer à ma mère que lui aussi pouvait m'enseigner quelque chose.

Je n'avais rien contre mais il voulait m'endurcir et ses méthodes étaient parfois rudes. Il me faisait nager en me soutenant sous le ventre, d'une main rassurante, large, longue et musclée et m'incitait à faire dans l'eau les mouvements qu'il m'avait appris sur la terre ferme, pour me démontrer que je pouvais parfaitement me mouvoir et rester à la surface. Au début je lui faisais confiance, il veillait à me maintenir hors de l'eau, m'encourageait, corrigeait mes mouvements pour les rendre parfaits, puis après quelques efforts et résultats de ma part, il me lâchait brutalement. Je plongeais, buvais, suffoquais et s'en était fini pour moi de ma séance dominicale. Je pleurais. Ma mère accourrait, tançant mon père, lui reprochant ses méthodes pédagogiques par trop brutales et prédisant que j'allais finir par être phobique. Je n'avais aucune idée de ce que cela représentait, mais j'approuvais le point de vue de ma mère, toujours si juste à mes yeux. Lui se défendait en disant qu'il fallait un peu m'aguerrir, que la vie n'était pas tendre et que je devais apprendre à affronter les difficultés et à m'en sortir quelle que soit la situation, et que boire une tasse n'était pas si grave.

Sur ce point nous étions en désaccord profond.

Ma mère ne se lassait pas de ces moments à la plage. Pourtant elle était souvent surpeuplée, bruyante, mais elle en acceptait les désagréments. « Les lieux propices pour exprimer la joie de vivre, pour partager un moment de pur bonheur, d'une manière simple, sont si rares, faisait-elle observer. » Toutes ces familles rassemblées trouvaient là un répit dans une vie quotidienne rude, impitoyable. Tous ces enfants qui s'ébrouaient dans l'eau, qui criaient, riaient, pleuraient, trouvaient grâce à ses yeux. Toujours il se passait quelque chose pour nous surprendre.

Un jour, un très jeune enfant fit une colère, un fait banal et habituel et exigea de sa mère qu'ils aillent se rafraîchir, ensemble, de suite. Il tempêtait, criait, hurlait à la mort comme si sa revendication était vitale. Il ne cessait de répéter :

— Va à l'eau, va à l'eau, va à l'eau avec les quelques mots à sa disposition.

Sa mère ne bougeait pas, faisant mine de ne rien entendre. Pourtant, toute la plage était au courant et dans l'attente du dénouement. Certains montraient des signes d'irritation, d'impatience. Combien de temps cela allait-il durer ?

Chacun échafaudait une stratégie, une manière d'intervenir, guettant un signe qui pourrait mettre fin à cette revendication qui devenait insupportable.

Quelqu'un se risqua à murmurer : « alors tu y vas ? »

Sans doute ne s'attendait-il pas à faire école. Toute la plage partagea bientôt l'interrogation et scanda : « alors, tu y vas ? Alors tu y vas ? Alors tu y vas ? » provoquant un sursaut de la mère ne sachant si elle devait en rire ou disparaître de honte.

Elle se leva, prit la main de son fils et fit mouvement vers la mer, sous les applaudissements de la foule.

Voilà le genre d'épisodes qui pouvait surgir à chaque instant, selon l'humeur, et le voisinage.

⌁

Mon père avait émis l'idée que peut-être nous pourrions, de temps à autre, fréquenter une plage privée, pensant préserver Sophia de ces scènes trop triviales. Elle refusa catégoriquement. Là est la vraie vie…

12

Je m'aperçois que, dans mon récit, j'ai oublié un épisode. Vous vous souvenez, mon père était anxieux à l'idée de devoir affronter ses beaux-parents pour me présenter à la famille romaine. Il jouait la montre, ne relançait pas l'affaire, espérant toujours que les griefs s'estomperaient. Sa stratégie tenait plus du miracle que d'un raisonnement.

Mes parents réfléchissaient chacun de leur côté, enfin surtout ma mère, pour trouver une solution la plus accommodante possible. Elle tenait mon père responsable de ce prénom improbable. Elle ne pouvait en révéler les dessous, et ne pouvait le désavouer. Mon père avait déjà tendu la joue droite pour être régalé d'un soufflet, il ne pouvait décemment tendre la gauche. Il comptait sur une initiative de son épouse. Elle finit par venir. Après plusieurs tentatives de conciliation ils se mirent d'accord pour adopter un scénario commun, trouvèrent quelques arguments crédibles.

J'avais trois mois quand l'expédition pour Rome se concrétisa.

Le couple se rendrait dans la capitale, moi dans les bagages, impossible de faire venir la *familia* romaine à Catane ! C'était courir trop de risques. Le terrain était miné, les grenades prêtes à être dégoupillées. Nous irions donc à Rome et c'est là que le génie de ma mère apparaît, nous en profiterions pour me baptiser, cela n'avait que trop tardé. Elle est forte en diplomatie. L'histoire s'étoffait : l'accouchement, la naissance dans le village natal paternel, le baptême dans le berceau maternel. Il y avait là une position qui se défendait, équilibrée, un bon accord, qui permettrait de faire oublier l'affront : Aflio.

Ma mère choisit comme parrain son frère aîné, espérant que cela les rapprocherait, mais il refusa. Le puîné pas plus. Ils n'avaient pas apprécié ce mariage et lui en tenaient toujours rigueur. Elle sollicita alors un cousin qu'elle tenait en estime au point de lui demander de veiller sur sa jeune progéniture en cas de besoin. Mon père, sans consulter l'intéressée, proposa sa sœur,

Eustochia, qui demeurait dans la province de Catane, qui se rangerait aux arguments de son frère sans opposer la moindre résistance. Elle ferait le déplacement, tous frais payés, annonça-t-il, cette disposition contribuerait et suffirait, pensait-il, à obtenir l'adhésion. Elle m'aimait bien et au fond d'elle-même je crois qu'elle n'était pas mécontente de cette décision. Pour mon père, elle était la candidate idéale, très croyante, dévouée à sa paroisse, le profil idéal pour la tribu romaine. Découvrir Rome, le Vatican, c'était pour elle accomplir un de ses rêves les plus secrets.

Nous ne resterions que trois jours, c'était bien suffisant pour éviter les conflits, pour organiser un baptême et faire ma connaissance, je n'avais pas tant de choses à raconter. J'allais être au centre des conversations, des rencontres, j'étais le motif unique de ce déplacement. L'héritier allait être présenté officiellement à la famille romaine. Je redoutais ce moment. J'en avais déjà fait l'expérience. Cette manie qu'ont tous les hôtes de vous faire des gouzi-gouzi ou des guili-guili selon leur culture, de vous grattouiller la joue pour provoquer votre sourire ou vos gazouillis. Et l'un de vous flatter en évoquant votre joli minois, et l'autre de vous trouver mignonnet. Il n'y a pas meilleure initiation à l'hypocrisie ! Vous n'imaginez pas ce que c'est pour un nourrisson que de voir se pencher vers lui un visage énorme, souvent affreux, ridé, il faut bien oser le dire, et je ne vous parle pas des postillons, de l'haleine fétide qui vous monte au nez, tout cela en vue de susciter une réaction amicale, conviviale, de compassion. Tu parles, on a plutôt envie de leur baver dessus, de ne pas réprimer une régurgitation. Les responsables de la protection infantile devraient se pencher sur ce sujet et prendre des mesures pour éloigner tous ces flatteurs. Les obliger au port du masque ! Tiens, ce ne serait pas superfétatoire ! On devrait instaurer les droits du nourrisson, les inscrire dans la Constitution.

〜

Bon, revenons à notre voyage. Le reste de la famille sicilienne fut écarté en dehors de ma tante. Mon père, ma mère, ma marraine et moi, un point c'est tout.

On se rendrait à Messine, on prendrait le ferry pour traverser, c'était si court, juste en face, et depuis Villa San Giovanni on rejoindrait Rome par le train.

Il y eut de nombreux échanges téléphoniques entre les deux familles pour finaliser le tout. Même des courriers pour vérifier l'orthographe d'Aflio, mon parrain ayant la bonne idée de m'offrir un de ces petits bracelets que l'on fait porter aux enfants, sorte de gourmette avec une plaque gravée à leur prénom. « Aflio » suscita l'interrogation du graveur qui crut à une erreur et voulut se faire confirmer l'orthographe. Décidément la poisse me collait à la peau.

Mon père avait briefé sa sœur en vue des questions qui pouvaient surgir. Concernant le fait qu'Aflio n'était pas un saint de l'Église catholique, ni d'aucune Église du reste, il lui avait ordonné de tenir la position et d'affirmer que c'était un saint Sicilien, certes un peu en désamour, mais un saint tout de même. Du coup elle ne voulait plus venir, d'abord parce que mentir était contraire à ses principes, et qu'elle entrevoyait les difficultés inévitables, et d'autant plus qu'un Cardinal, membre de la famille, serait présent et peut-être même officierait-il ? Mon père lui faisait la leçon, disait qu'il suffisait qu'elle réponde en y mettant un peu de conviction, qu'il ne pouvait pas connaître tous les saints, et qu'avant qu'il ait eu le temps de lancer des recherches, de vérifier ses dires nous serions tous déjà rentrés à Catane. Elle n'avait pas le choix, elle devait nous accompagner, elle était une sorte de gage de la lignée de la chrétienté sicilienne de la branche paternelle. Nous étions en pleine rivalité, laquelle des deux familles serait la plus chrétienne. Bien entendu toutes ces discussions se tenaient sans que ma mère en sût quoi que ce soit.

La famille romaine fit jouer ses relations et le Cardinal obtint cette faveur que je sois baptisé au sein de « la Chiesa e convento delle Trinita dei Monti », autrement dit l'église et le couvent de La Trinité des Monts, construits au XVIe siècle, par la France, sur le modèle des églises gothiques françaises du sud. Un couvent de Minimes y fut accolé, le tout placé sous la double tutelle, celle de l'ambassade de France et celle du Saint-Siège. Je méritais ce lieu.

Nous évitâmes de peu la crise. Ma grand-mère s'offusqua que sa fille ne porte pas « *la mantiglia* », la mantille, pour la cérémonie de baptême de son fils.

— Une fois de plus, tu marques ton éloignement de l'enseignement de l'Église, tu cherches à te singulariser, lui lança-t-elle. Nous sommes tout de même dans un lieu privilégié, l'église de la Trinita dei Monti, pour un moment exceptionnel, l'entrée dans la communauté catholique de ton fils.

Ma mère se retint un instant de lui répliquer.

— Je ne me rends pas à une audience avec le Pape, seule concession à ce rite que j'aurais pu accepter.

Mais elle était partagée entre le désir d'une réponse acerbe, prenant le risque de briser cette trêve familiale, ou le silence, imperméable aux remarques.

Eustochia la sauva de ce dilemme.

Les yeux brillants, elle s'esbaudit :

— Vous avez une bien belle mantilla !

Ma grand-mère avait, pour cette circonstance, sorti de son armoire une pièce de collection qu'elle préservait dans une boîte de la lumière, de l'humidité, des méfaits du soleil, de toute manipulation intempestive tant elle était fragile, une mantille blanche, assez courte, brodée d'un riche décor floral.

— Elle est dans la famille depuis des générations. Je crois que mon arrière-arrière-grand-mère l'a reçue en cadeau de mariage. C'est mon tour d'avoir le privilège de la porter, mais j'ai aussi la charge de la sauvegarder et de la transmettre. Pour le moment je suis envahie par le doute. Qui, dans notre famille, sera digne de présider aux destinées de cette œuvre dentellière ?

— Je n'en ai jamais vu d'aussi belle. C'est d'une finesse…

— Vous avez raison Eustochia, on peut identifier chaque fleur. C'est d'une précision inégalée dans le dessin et l'exécution, l'équilibre est parfait.

Il n'y a plus personne pour réaliser un travail de cette qualité et l'apprécier.

Le Cardinal s'en mêla.

— Ce n'est pas seulement un hymne à la beauté de la nature, mais à Dieu le créateur.

— N'est-ce pas ce fameux « point d'Alençon » dont j'ai entendu parler sans jamais le voir, interrogea Eustochia ?

— Non, c'est du « point de Venise », rétorqua sèchement ma grand-mère. Un authentique. Je ne porterai point autre chose que de la dentelle de chez nous.

Le Cardinal se lança dans des explications.

— Ma cousine n'est pas peu fière de se montrer la tête couverte de cette mantille magnifique, qui fait des envieux chaque fois qu'elle la porte. Elle sait comment détourner les regards vers elle.

Ma grand-mère fit un geste agacé des deux mains, marquant sa réprobation.

Le cardinal poursuivit :

— Pour préciser l'histoire, je dirais, ma chère Eustochia, que nous fûmes copiés par les Français. N'oublions pas que notre influence, dans bien des domaines, fut sans conteste au cours des siècles. En voici encore un exemple. Le « point de Venise » existait avant le « point d'Alençon ». Cela illustre un enjeu à la fois politique et économique.

Le « point de Venise » était à la mode, de toute l'Europe on venait se le procurer. Dans toutes les cours on voulait un jabot ou des manchettes en dentelle de Venise. J'avoue que j'aurais aimé porter moi-même une aube dont le bas fut aussi richement ornementé, mais hélas l'heure est à la simplicité, à la sobriété, presqu'au dénuement ou à l'indigence… Les plus belles, conservées au Vatican, ne sortent plus des garde-robes. Le grand argentier Colbert, qui tenait la bourse des Français, s'est montré très préoccupé du déséquilibre de la balance commerciale. La dentelle italienne pesait trop dans les finances publiques. Il décida de produire en France. Il créa une manufacture royale à Alençon, fit venir des dentellières d'Italie, une vingtaine dit-on, pour former et imposer une dentelle fabriquée localement, très inspirée du « point de Venise », avec comme mission de produire du « point de France ». On le perfectionna et il devint « le point d'Alençon » que l'on considère, à juste titre si je mets de côté un instant mon chauvinisme, comme le plus beau.

— Tout ceci est intéressant, mais il serait peut-être temps de célébrer, mon cher cousin, rappela ma grand-mère. Nous ne sommes pas à une conférence.

À la suite de la cérémonie religieuse, mes grands-parents organisèrent une réception dans le cloître, cela n'était pas donné à tout le monde et ma mère était radieuse. Dans cette enclave française, c'était presque ça, elle qui avait toujours été admirative et attirée par sa culture, elle était aux anges.

Je fus photographié sous tous les angles, dans tous les lieux, dans toutes les atmosphères, sur les fonts baptismaux, dans toutes les chapelles, devant l'autel, même devant le confessionnal, au pied de tous les tableaux, dans l'enceinte du cloître, à l'extérieur sur le parvis, devant l'obélisque, sur les balcons du grand escalier della Trinita dei Monti jusqu'à la piazza d'Espagna, devant la célèbre fontaine della Barcaccia, où quelques gouttes d'eau me furent lancées, pour un peu j'avais droit à un second baptême, aucun endroit ne me fut épargné.

Ça fourmillait autour de nous. Je n'étais pas le seul objet d'attraction, loin de là. Les photographes ne voulaient rien rater des multiples sujets qui s'offraient à eux. Les monuments, les gens, les marchands de babioles, les artistes de rue glanant quelques pièces, tout était l'objet d'une captation dont on ignorait quel usage on en ferait ultérieurement mais il s'agissait d'immortaliser ce moment unique. D'autres se rafraîchissaient les mains, tâtaient l'eau comme si elle avait des propriétés particulières ou remplissaient leur gourde, leur bouteille, pour étancher leur soif, rassurés par le panonceau précisant « eau potable ». D'autres dégustaient des glaces, des pâtisseries, des confiseries, des burgers, des collations bienvenues avant de reprendre le circuit et de se diriger vers les autres points stratégiques qui ne manquaient pas dans Rome. Le touriste se distinguait de l'autochtone par sa tenue décontractée, nouvel uniforme, complété par l'indispensable sac à dos, dont les marques commerciales témoignaient de leur présence sur un marché mondial. On avait sous les yeux une vitrine réelle et bien palpable de la diversité de l'offre.

Marques de luxe pour les uns, certification, matériel professionnel pour les autres, ou bien commodité de l'usage, ou encore simple tendance mode, chacun avait arrêté ses critères. Dior voisinait avec Faguo, Eastpark, Adidas, Columbia, Puma, Hummel, Brandet, Vaude, Valentino, Salomon, North Face, Superdry, Kelkoo, Nirvana, Décathlon, ou Vuitton…

Le lecteur y verra un « *branded intégration deal* » et il ne s'y trompera pas. Sacrifions à la mode !

〰

Autour de la fontaine de la Barcaccia, il régnait un brouhaha joyeux, bon enfant, insouciant, sur un fond musical qui évoluait au gré des instrumentistes qui se succédaient ou se superposaient selon le moment. Les *carabinieri* et la police municipale surveillaient, à distance, le manège des pickpockets en terrain favorable. Chinois, Japonais, Coréens, Grecs, Tunisiens, Américains, Anglais, Belges, Israéliens, Portugais, Espagnols, Russes, Polonais, Allemands, Suisses, Canadiens, Congolais, Turcs, Égyptiens, Suédois, Français, tous ils étaient là. Ils foulaient de leurs pieds la Ville Éternelle, cohabitaient temporairement avec les lointains ancêtres qui avaient peut-être figuré au nombre des envahisseurs de leur propre pays, mais c'était loin, les griefs étaient oubliés, et dans le même temps pour la plupart d'entre eux, ils renouaient avec le socle de leur culture. Une invasion pacifique, venue de toute la planète, un des miracles du monde contemporain, cette libre circulation des peuples, enfin pas tous loin de là, qui se retrouvaient dans les lieux ayant, au fil de l'histoire universelle, acquis cette notoriété qui attire comme un aimant, qui fait que nous voulons nous aussi aller vérifier *de visu* la réputation, recueillir les témoignages, constater la grandeur des civilisations qui nous ont précédés, à défaut de pouvoir peser sur celle qui se bâtit, si peu avec nous.

〰

Ma mère virevoltait, elle était dans son élément, elle retrouvait sa ville, Rome, sa dimension cosmopolite, son tumulte, sa folie, sa gaieté. Rome, dont elle avait cru pouvoir se passer et qui resurgissait, l'envahissant par tous les pores de sa peau. Elle riait avec une spontanéité, une sonorité inconnue pour moi. Ce n'était pas de me savoir baptisé, mon père l'avait bien compris. Il sentait le danger et se félicitait de n'avoir concédé que trois jours de voyage, c'était déjà beaucoup. Les démons revenaient en force.

Toute la journée j'eus droit aux risettes, aux félicitations sur mon joli minois qui ne pouvait qu'être réussi avec des parents aussi séduisants, même s'il y eut l'inévitable déception marquée par quelques commentaires discrets mais néanmoins acerbes, auxquels j'étais accoutumé. Les adultes ne se rendent pas compte que nous autres nourrissons nous percevons tout et que nous ne pouvons manifester notre désaccord que par quelques pleurs la plupart du temps incompris ou mal interprétés. Certes mes yeux étaient bleus mais ils n'avaient pas le flamboiement de ceux de mon père et certains ne se privaient pas pour le faire remarquer. Pour un peu on aurait parlé d'une pâle copie, pourtant dans de nombreuses familles on aurait tiré gloire d'avoir un bébé à l'œil bleu, fut-il à peine délavé.

Le Cardinal ne montra pas s'il était affecté, il semblait sous le charme et m'accorda une bénédiction personnelle.

Après ça, j'étais super protégé mais il faudrait voir à l'épreuve du temps.

Jusque-là tout avait été parfait. Ma tante était presque détendue. Elle se vit offrir un chapelet par le Cardinal, authentiquement béni par le Saint-Père prétendait-il. Il en offrit un à chacune de la gent féminine. Ma grand-mère distribua abondamment une image pieuse, en souvenir de ce jour, avec ce texte que je vous livre : « *in memoria del battesimo Aflio Berlusconi Chiesa e Convento delle Trinita dei Monti Roma* ». La date avait été reportée par deux fois, afin de pouvoir bénéficier du lieu exceptionnel et ma grand-mère avait fini par renoncer à la préciser pour s'épargner quelques travaux d'imprimerie et les frais inhérents.

Impossible de trouver quelque image de saint Aflio et pour cause, elle avait contourné la difficulté en reprenant une reproduction de la fresque ornant la deuxième chapelle, peinte par Daniela da Volterra, datant de 1541, intitulée « La Déposition de Croix », son chef-d'œuvre. Il y a des environnements plus sympathiques et plus festifs pour faire son entrée dans la communauté catholique. La journée se déroulait sous les meilleurs auspices. On avait presque oublié les préventions. Mais l'expérience de la vie, que je suis loin d'avoir à cet instant, enseigne qu'il faut toujours se méfier, qu'un grain de sable peut toujours surgir et gripper la machine la mieux huilée.

Ce fut au cours du dîner que la zizanie commença à poindre. La cérémonie religieuse était achevée. Les affaires privées pouvaient resurgir.

Le Cardinal s'étonna que l'on n'ait pas choisi un prénom de saint italien ou pour le moins sicilien. « Il me semblait que vous aviez évoqué cette disposition, rappela-t-il, avec une pointe de perfidie ? » Ma mère fit mine de ne pas y prêter attention et félicita la cuisinière pour son rizzoto.

On n'accède pas au titre de Cardinal par… j'allais dire l'opération du Saint-Esprit (c'est mon esprit taquin), le Saint-Esprit n'a rien à voir là-dedans, il s'agit plutôt de ténacité, peut-être de conviction, d'assiduité, de réseau ? Qui sait » Toutefois le Cardinal n'avait pas l'intention de renoncer et il reposa sa question. Ma tante blêmit. Mon père se lança pour orienter la réponse.

— Justement Eustochia m'a confirmé il y a peu, qu'Aflio était un saint sicilien, certes un peu tombé dans l'oubli mais bien de chez nous. Il était honoré dans ta paroisse, c'est bien ça ?

Et il lui refila le bébé. Elle se mit à trembler. Elle hocha de la tête, de gauche à droite, puis se ravisa, de haut vers le bas, faisant mine d'approuver, espérant que n'ayant prononcé aucun mot elle se préservait du péché de mensonge.

Mais voilà qui est intéressant s'exclama le Cardinal, un saint tombé dans l'oubli, c'est excitant. Il entrevoyait déjà une opportunité de briller au Vatican, de remettre un saint en pleine lumière, de s'en attribuer la découverte, et d'illustrer ainsi que sa vivacité intellectuelle était toujours intacte.

Le Cardinal insistait, voulait en savoir plus. Il s'était emparé du sujet et ne comptait pas le lâcher de sitôt. Il évoquait des aspects techniques. Il voulait connaître la totalité de son parcours pour aboutir à sa reconnaissance de saint de l'Église catholique. Qu'avait-il fait ? Quel martyre avait-il subi ? Quand avait-il vécu ? Où plus précisément ?

L'affaire se corsait. Ma mère bouillait en son for intérieur. Elle laissa échapper un couvert, non pas par maladresse mais par exaspération. Elle découvrait les salades fomentées probablement par son époux, Eustochia étant incapable d'une telle audace. L'apparition subite d'un saint Aflio était à l'évidence une fumisterie.

Ma tante dit qu'elle ne se souvenait pas vraiment de sa vie, que c'était lointain dans sa mémoire, qu'elle en avait peut-être entendu parler dans son enfance mais que depuis…

Elle n'arrivait pas à terminer sa phrase, prenant sur elle pour ne pas se laisser envahir par l'émotion.

Mais, insistait le Cardinal, comment avait-il accédé à la sainteté ? On devait bien savoir s'il avait accompli quelques miracles, cela marque toujours les milieux populaires, ajouta-t-il avec un rien de condescendance. À l'évidence il avait donné sa vie pour défendre sa foi chrétienne, à quel supplice avait-il été soumis ? On devait bien pouvoir en trouver des traces. Avait-on recensé quelques représentations, des icônes, des tableaux, des sculptures, des ex-voto, il avait bien inspiré quelqu'artistes ?

— Je crois qu'il a guéri un aveugle, c'est bien ça Eustochia ?

Mon père essayait d'engager ma tante dans un récit qu'elle se refusait à faire. Il insista.

— Oui, peut-être se contenta-t-elle de livrer d'une voix fluette et tremblotante. Elle était à deux doigts d'éclater en sanglots.

Mais l'expert était là, à la table, il ne put s'empêcher de se lancer dans un cours sur la manière d'accéder à la sainteté. Par quel canal Aflio était-il passé pour obtenir sa reconnaissance ?

— Vous comprenez, on ne devient pas saint comme ça, c'est un long parcours pour arriver à la canonisation. Le Vatican a la charge, depuis 1588, ça ne date pas d'hier, de veiller au respect de la procédure judiciaire par l'entremise de la Congrégation des rites. Il y a d'abord des témoignages, des enquêtes et un recueil de preuves avant même qu'on engage ce qu'on appelle la réputation de sainteté d'une personne. C'est très administratif, très factuel. Au Saint-Siège nous saisissons la Congrégation pour la cause des Saints qui demande à des théologiens, des historiens de vérifier et d'étudier le dossier. Cela peut durer des années, les recherches sont longues et parfois les preuves difficiles à obtenir, les témoignages manquent de crédibilité. Nous avons le souci d'être juste et d'être intègre si bien qu'une fois le dossier établi il revient dans les mains du promoteur de la foi qui doit rechercher si l'étude a été bien menée, si rien n'est resté dans l'ombre, s'il n'a pas été instruit en défaveur ou en trop grande faveur du candidat. Nous recherchons l'équilibre. Il faut bien reconnaître que le sujet est rarement là pour défendre sa cause…

Cet humour fut bienvenu, l'atmosphère se détendit une fraction de seconde. On pensait que l'exposé allait s'arrêter sur cette remarque. Que nenni ! Le Cardinal poursuivit, ne nous épargnant aucun détail, il était dans son domaine et voulait démontrer sa compétence.

— Deux hypothèses, le dossier est validé et le candidat est déclaré vénérable, il entame alors l'étape de la béatification. À ce stade il faut attester d'un miracle identifié par des médecins, des théologiens, des experts selon sa nature. En fonction du résultat, nous autres Évêques et Cardinaux, nous proposons le vénérable au Pape qui décide de lui donner ou non le statut de bienheureux. Vous voyez ce n'est pas simple et ce n'est pas fini, pour accéder à la sainteté il faut produire un second miracle après le stade de la béatification. Il faut refaire ses preuves en quelque sorte pour accéder enfin au statut de saint de l'Église catholique.

∿

Ma grand-mère ne voulait pas laisser la vedette à son cousin Cardinal, il y avait toujours eu une rivalité entre eux, elle lui fit observer qu'il y avait d'autres voies que celle qu'il décrivait pour obtenir la sainteté, des sortes de dérogations. On entrait dans un débat de spécialistes.

— C'est vrai, confirma-t-il, mais elles sont exceptionnelles et rares dans l'histoire de la chrétienté. La voie la plus marquante est celle du martyre et il faut bien reconnaître que par le passé elle fut la plus empruntée, heureusement les temps ont changé, les martyres moins fréquents.

— Encore que, voulut faire observer mon aïeule, il y aurait là matière à débat, il suffit d'observer l'état du monde pour s'en convaincre.

Son Éminence reprit la main, ne voulant aucunement se laisser distraire de son exposé.

— Mourir pour sa foi ne suffit pas toujours, il faut attester d'un miracle pour obtenir la canonisation. Mais les choses commencent à changer, nous en débattons avec le Pape. Alors, notre saint Aflio, dans quelle catégorie entre-t-il ?

Il n'en démordait pas.

Mon père regardait ma tante avec un regard insistant. Tout ce qu'il pourrait dire de plus ne trouverait pas grâce aux yeux de l'auditoire, il fallait que ce fût sa sœur qui parlât pour apporter de la véracité aux propos tenus.

Ma mère mit fin au supplice. : « Je crois, qu'Aflio n'a pas réussi à gravir tous les échelons et qu'il a stagné à celui de la réputation de sainteté, c'est exact Eustochia ? »

— Oui, sans doute répondit avec soulagement ma tante.

Ma mère, qui voulait clore ce chapitre au plus vite, fit remarquer que la nouvelle philosophie exposée par le Pape était une avancée intéressante, réaliste, bien ancrée dans l'époque, et qu'offrir sa vie pour rendre le monde meilleur était une justification bien suffisante. Qu'il n'était nul besoin de martyres, de miracles et autres conditions. Du reste le pape Jean-Paul II a beaucoup réformé à juste titre, dans ce sens.

— Vous avez raison Sophia, je vous le concède, l'Église est plus moderne qu'on ne le dit, reprit le Cardinal satisfait de voir reconnu quelques mérites à son institution trop souvent accusée d'immobilisme et objet de critiques. Je vous cite cet exemple sciemment car je connais votre amour de la France, dont Jean-Paul II aimait rappeler qu'elle était « La fille aînée de l'Église », ce même pape, Jean-Paul II, a proclamé en 1997, pour le centenaire de sa mort, Thérèse de Lisieux, entrée au Carmel à 15 ans et morte à 24 ans, Docteur de l'Église. Elle a consacré sa vie à la prière. La seule force de sa foi a suffi pour qu'elle reçoive la reconnaissance de l'Église.

〜

Ma grand-mère voulut revenir dans la discussion.

— Puisque vous évoquez Thérèse Martin, c'est son nom de famille, l'histoire a retenu Thérèse de Lisieux, mais elle aurait dû s'appeler Thérèse d'Alençon, ce n'aurait été que justice. C'est là qu'elle est née, j'ai lu une biographie fort intéressante récemment.

〜〜〜

Le Cardinal fit un geste de la main pour écarter sa remarque :

— Thérèse d'Alençon, Thérèse de Lisieux, ce ne sont là que querelles locales, l'Église ne peut entrer dans tous ses détails…

〜〜〜

Ma mère termina sa supplique.

—L'Église d'aujourd'hui si elle a encore besoin de modèles, de figures à mettre en avant, d'étendards pour convaincre les chrétiens de demeurer fidèles à leur foi, d'en convaincre d'autres, elle n'a pas besoin qu'ils remplissent les conditions exigées antérieurement, c'est déjà un miracle de vivre sa foi, de demeurer fidèle à des principes de vie, de mettre en œuvre des recommandations telles que : « Tu aimeras ton prochain comme

128

toi-même », ou encore : « Les premiers seront les derniers, les derniers seront les premiers… »

— Ou « honore ton père et ta mère afin que tes jours se prolongent dans le pays que l'Éternel ton Dieu, te donne » ajouta ma grand-mère presque comme un reproche à sa fille…

Le Cardinal dit que sa proximité avec le Vatican lui permettrait d'en savoir un peu plus, qu'il lui serait facile d'obtenir quelques informations à partir de ces pistes et que saint Aflio connaîtrait peut-être une renaissance. Voilà qui est prometteur, lança-t-il tout excité !

Ma mère ajouta que l'Église avait résolu le problème ne pouvant honorer tous les saints, il y en a quelques milliers et tous ne peuvent figurer sur le calendrier, en instituant la fête de la Toussaint et Aflio serait fêté à cette occasion par sa famille, saint ou pas saint.

Bonne nouvelle pour moi, parce que jusqu'à cette prise de position Aflio il était honoré à la saint-glinglin. Au moins à défaut d'avoir ma propre journée, j'allais pouvoir me rattacher à une collective, c'était déjà ça et recevoir des cadeaux, ça, j'en fus initié bien plus tard par Gino qui n'ignorait rien des bienfaits de la vie matérielle.

On passa enfin à autre chose au grand soulagement d'une partie de l'assemblée qui ne voulait pas donner trop de places aux questions religieuses.

〜〜〜

Ma mère essaya de lancer la conversation sur l'Opéra de Rome, la saison était-elle intéressante ? Mon grand-père dit que c'était souvent trop moderne pour lui. Qu'il préférait réécouter quelques interprétations mémorables que de se risquer à perdre son temps pour voir des mises en scène dont on se demandait ce qu'elles avaient à voir avec le livret, les interprètes et la musique.

« La Prudentissima » et Pavarotti dans « La Bohème », oui ça, cela valait le coup, mais des artistes de cet ordre voilà il n'y en avait plus.

Bref un rabat-joie authentique.

Ma mère fut tentée de lui répondre, mais l'ambiance était déjà tendue, inutile de la rendre explosive.

Ils papotèrent de tout et de rien…

13

Le retour se passa bien, ma mère, toujours aimable, ne laissa rien paraître de sa contrariété. Ma tante voyait l'heure de sa liberté retrouvée et dans l'éloignement de son frère un salut providentiel.

~~~

</div>

Mon père tendait le dos, certain qu'il allait devoir s'expliquer avant longtemps avec son épouse. Probablement dès qu'ils auraient retrouvé un peu d'intimité. Il ne tarda pas à évaluer les effets de son commerce. L'attaque ne vint pas de là où il l'attendait, enfin pas encore, le plus prompt à dégainer fut le curé de la paroisse de ma tante, le père Romano qui débarqua sans se faire annoncer au domicile et à la recherche de « Beb » pour une explication.
~~~

— Voilà trois fois cette semaine que je reçois en confession ta sœur, dit-il en pénétrant au domicile, sans prendre le temps d'un préambule. Un rythme largement soutenu, aucune de mes paroissiennes ne fréquente avec autant d'assiduité ma boutique. Il faut que je lui arrache les mots pour comprendre le fin du fin. Tu l'as obligée à mentir, à prétendre des choses fausses pour te tirer d'un mauvais pas. Te rends-tu compte du pétrin dans lequel tu t'es mis et de la torture morale à laquelle tu soumets cette pauvre Eustochia déjà si fragile, et en présence d'un Cardinal, en plus. Je l'ai absoute de ses péchés mais toi tu peux toujours attendre, d'ailleurs tu ne mets jamais les pieds dans un confessionnal et je te comprends, tu devrais y séjourner vingt-quatre heures avant d'avoir soulagé ton âme et ni moi, ni aucun de mes confrères, nous ne faisons de nocturne… Je suis bien certain qu'Eustochia ne va pas se contenter des trois « Je vous salue Marie » et des quelques « Pater » que j'ai prescrits, elle va charger la barque, faire des dizaines et des dizaines de chapelets et en sera tourmentée pendant des semaines, et moi, as-tu pensé à moi, je risque d'être saisi par le Vatican, via l'évêque de Catane, qui voudra vérifier d'où viennent ces informations d'un saint Aflio qui aurait fait quelque miracle dont la Curie n'aurait pas été saisie, un saint qui a vocation à demeurer un inconnu, un saint qui ne figurerait pas dans le calendrier romain général publié depuis 1969 par Saint Paul VI, ben voyons, c'est du grand n'importe quoi. Je risque d'être obligé de subir une enquête en tout cas je vais devoir remplir de la paperasse à cause de tes prétendues affirmations. Je te somme de faire un démenti et dans les plus brefs délais.

~~~

Pour Beb les événements prenaient une sale tournure. Cela ne laissait rien présager de bon, manquait plus que Sophia surgisse et s'en mêle, aïe, aïe, aïe… Mon père était embarrassé ne sachant comment se sortir de cette crise.

~~~

Après une vive explication à laquelle il n'échappa pas, une fois de plus ma mère trouva une solution acceptable. Elle rédigea une lettre à son Éminence le Cardinal, lui précisant que la courte enquête qu'elle avait menée dans son entourage conduisait à la conclusion qu'il s'agissait d'une rumeur infondée. Aflio n'avait pas même atteint le stade de la réputation de sainteté, il devait y avoir une erreur, une confusion avec un autre, il n'avait rien à voir de près ou de loin avec le monde des saints. Il restait, disait-elle dans sa conclusion, à attendre que son Aflio à elle, celui qui venait d'entrer d'aussi belle manière dans la famille, puisse un jour être une figure de l'Église catholique à laquelle elle et sa famille étaient tant attachées.

Même si je comprenais bien la dimension diplomatique des arguments mobilisés par ma mère pour arrêter le conflit, quand j'appris ça, sur le coup, j'en fus chagriné. Ma famille n'avait pas hésité à me mettre à contribution, à s'engager pour moi, dans une voie précise, sans même me consulter. Reconnaissez, avec moi, que j'avais tout de même mon mot à dire, non ? Bon il est vrai que je n'avais que quelques mois, pas encore une véritable autonomie et si cela pouvait servir à pacifier la famille, j'apportais ma contribution de bonne grâce. Je ne savais rien refuser à ma mère.

Elle avait mis le paquet, espérant faire oublier au Cardinal toute velléité d'enquête. Il dut en être affecté mais l'affaire se calma et c'était le but recherché. Néanmoins il ne laissa pas la missive de ma mère sans réponse. Il écrivit qu'il souhaitait que je reçoive, comme lui « le don de Dieu »…

14

Mon père chercha comment se rabibocher mais c'était délicat. Il marchait sur des œufs. Il surveillait la programmation de l'Opéra entrevoyant une ouverture favorable, pour faire la paix avec son épouse. Il avait bien pensé lui offrir un bijou mais cela ne lui parut pas à la réflexion une bonne idée, elle ne croirait pas à sa sincérité. C'était trop téléphoné lui faisaient remarquer ses amis, qu'il avait mis dans la confidence pour glaner quelques conseils et se sortir de cette séquence difficile. Finalement l'idée de lui proposer une nouvelle robe du soir, pour la prochaine sortie à l'Opéra, parut une piste envisageable. Ni trop, ni trop peu.

⌇

Gino et moi, nous fûmes en âge d'aller à l'école. Nos mères s'arrangèrent pour que nous soyons dans la même classe. J'étais assez satisfait de tous mes nouveaux apprentissages que maman suivait de très près. Elle m'encourageait et me rappelait sans cesse qu'il fallait faire toujours du mieux qu'il était possible : « Pas pour moi précisait-elle, pas pour faire plaisir à Béni, bien sûr si tu obtiens de bons résultats nous en serons les premiers heureux, mais c'est pour toi Aflio qu'il te faut d'abord travailler, ne te se contente jamais du minimum. » Je m'appliquais ne voulant jamais la décevoir. Pour Gino c'était plus cool et nous nous épaulions mutuellement.

〜〜

Nous partagions souvent les repas. Un jour chez l'un, un jour chez l'autre. Quand ma mère avait des contraintes, celle de Gino proposait de me garder à déjeuner. Elles échangeaient des services comme on le fait entre voisins qui s'entendent bien. C'était le cas.

〜〜

La première fois que je m'assis à la table familiale chez Gino je fus surpris. Chez nous l'atmosphère était calme, on échangeait entre nous, Beb, Sophia et moi sur notre quotidien, on entamait des discussions, on parlait de nos projets, bref une vie de famille à notre image, paisible, heureuse, en tout cas en apparence, mes parents m'épargnant les éventuelles difficultés auxquelles ils étaient confrontés. Si je surprenais une divergence, l'un et l'autre refermaient le dossier et sortaient la formule : problème d'adulte.

Donc la première fois que je partageai le repas à la table de Gino ce fut dans une tout autre ambiance. Les conversations bruyantes, le désordre, c'est ce qui me frappa en premier. Il est vrai que Gino me rappelait fréquemment mon statut d'enfant unique. Il était surpris. Lui appartenait à une fratrie de cinq et comme je n'étais pas le seul convive, la tablée était appréciée et complète. La mère de Gino assurait le service, allant des convives aux fourneaux, s'assurant que rien ne manquait. Elle ne s'asseyait que brièvement, apportant les plats, remplissant les assiettes et s'inquiétant de la satisfaction de sa famille et des invités. La base de l'alimentation était très souvent constituée de pâtes mais elle innovait dans l'accompagnement, au gré du marché, des saisons. Le dimanche elle faisait toujours sa grande spécialité, les « *pasta alla Norma* », plat aussi célèbre dans Catane que la pâtisserie « Le sainte-agathe ». Celui-là, je le tolérais, n'ayant nulle envie d'en priver Gino qui vantait la recette de sa mère, une version très personnalisée. Ces pâtes avaient obtenu leur titre par comparaison avec le chef-d'œuvre de Bellini, un sicilien, mélomane par ailleurs, également écrivain, ayant déclaré qu'elles étaient dignes de porter ce nom car en les dégustant on atteignait un niveau d'excellence que l'on ne retrouvait qu'à l'écoute de « La Norma ».

C'était sans doute excessif mais le nom fut labellisé et le plat à base de pâtes, évidemment, et d'aubergines, fut inscrit aux cartes des restaurants de la ville. Gino m'en vantait le délice mais le dimanche je n'avais aucune raison pour m'inviter chez lui, d'autant que son père, Luigi, était présent, alors qu'en semaine il déjeunait sur les chantiers. Il me dit qu'il allait arranger le coup et pour ça Gino il était fort, il me fallait juste patienter.

〜〜

Gino avait toujours des questions qui me surprenaient. Un jour il me dit tout de go :

— Ça te dirait d'épouser ma sœur ?

J'avoue que je n'avais jamais songé, même un instant à l'épineuse question du mariage, et encore moins à celle qui serait ma promise.

Je restai sans réponse. Gino revint à la charge : tu n'aimes pas ma sœur ?

— Tu parles d'Angelina ?

— Oui, je n'en ai qu'une.

J'allais sur mes six ans, elle devait en avoir à peine cinq…

— Mais pourquoi tu te poses ce genre de question.

— Parce que je ne veux pas te perdre et que si tu épouses ma sœur, on sera tout le temps ensemble.

Ah bon, c'était ça le problème qui tourmentait Gino.

— J'aime bien Angélina, elle est mignonne, gentille, il faut voir.

— Pour le moment on n'en parle à personne cela restera un secret entre nous. Je lui dirai plus tard. Je crois qu'elle t'aime bien aussi.

⟋⟋⟋

Une autre fois il s'était inquiété que je n'aie ni frère, ni sœur, il trouvait ça bizarre et me poussa à questionner ma mère.

Elle me fit une réponse qui ne me rassura pas du tout : « qui sait, cela arrivera peut-être un jour… »

Je n'aimais pas trop cette possibilité. Je voyais bien que Gino entre sa sœur, Angélina et ses frères aînés, Alberto, Ezio, Furio, devait sans arrêt partager, moi ma mère je la voulais pour moi seul.

Gino me rassura, si ma famille s'agrandissait et si c'était une fille comme sa sœur, c'était plutôt bien de son point de vue, il pourrait peut-être même l'épouser, pour un garçon il émettait des réserves, ça compliquerait les affaires.

Finalement il n'avait pas estompé mon inquiétude, loin de là. Gino et moi, nous avions une flopée de secrets…

Telle était la vie à Catane, tel est le souvenir que j'en conserve, sans doute enjolivé par mes yeux d'enfant.

Puis un jour mes parents m'annoncèrent que nous allions partir pour Palerme. Mon père changeait de travail et notre situation en serait améliorée, pronostiquait-il.

Ma mère n'était pas enthousiaste. Elle s'était presque habituée à Catane. Palerme ne l'attirait pas. La capitale n'avait pas bonne réputation. On disait ne pas s'y sentir en sécurité, que la violence y régnait, qu'elle était sale.

Mon père démentit avec énergie. Justement la propreté c'était son domaine, il assurait que la municipalité avait l'ambition de traiter les questions de salubrité. Que nous nous y sentirions aussi bien qu'ici à Catane. Nous aurions les moyens de vivre dans des quartiers convenables, très proches du centre-ville, et qu'il espérait bien améliorer encore sa position et nous promit qu'avant longtemps nous serions installés dans les beaux quartiers.

Ma mère se consolait, l'Opéra, « Le Massimo » comme on dit à Palerme, lui ouvrirait ses portes et la programmation était plus dense qu'à Catane.

Mon père affirmait qu'elle n'aurait plus besoin de travailler, que la vie serait plus facile. Mais elle n'envisageait pas de rester à la maison à attendre mon retour de l'école. Femme au foyer, ce n'était pas son truc. Elle n'en parlait pas trop. Je pressentais qu'elle attendait son heure.

<h1 style="text-align:center">15</h1>

À l'annonce de notre départ j'éprouvai pour la première fois un profond sentiment de tristesse. Je réprimai mes larmes, sinon Beb allait me traiter d'enfant pleurnichard. J'étais chagriné de quitter Gino, il allait me manquer. Mon père disait : « C'est la vie, qu'aujourd'hui on doit s'adapter, on est obligé d'être là où le travail est meilleur, que c'était pour notre bien à tous, tous les trois. » Moi je ne partageais pas son point de vue. À quoi bon nouer des amitiés si c'est pour les briser aussi vite. Gino, c'était mon pote pour la vie. Je n'avais pas envisagé qu'on se quitterait, pas un instant. Il faisait partie de mon quotidien, c'était mon frère de cœur. Je n'imaginais pas ma journée sans lui, ou alors exceptionnellement, pour de bonnes raisons, mais ne jamais plus se revoir, ça non ! Du reste nous avions conclu un pacte, ne devais-je pas épouser sa sœur dans le seul but de rester ensemble. Bien sûr on ne pouvait en faire état.

Beb assurait que je me ferais de nouvelles relations, peut-être même plus intéressantes. Il oubliait qu'il m'avait poussé dans les bras de Gino. C'était quoi ces réserves sur mon copain d'ailleurs ? Gino, il m'allait comme un gant. Nous nous entendions bien et nous étions arrivés à une certaine complicité. C'était l'essentiel. Pas de bagarre entre nous, pas de rivalité, pas d'animosité. Nous vivions les mêmes histoires. Il me faisait rire. Il avait fini par se réconcilier avec sa mère, grâce à l'intervention de Maman, qui avec beaucoup de délicatesse l'avait convaincue d'adopter une attitude plus souple, d'accorder plus d'autonomie à son fils, et de cesser de le couver. Gino ne voulait plus changer de parents, du coup le risque qu'il prenne les miens s'était éloigné, nos rapports s'étaient détendus.

Il avait fini par admettre que nous étions différents. Il ne me posait plus ses éternelles questions : pourquoi as-tu les yeux bleus et moi noirs ? Pourquoi alors que nous avons le même âge, grandis-tu plus vite que moi ? Pourquoi as-tu les cheveux qui frisottent alors que les miens sont raides ? Ma mère valorisait nos différences et prédisait pour chacun un bel avenir de séducteur.

Je perdais Gino et c'était un déchirement, mais aussi « Liotru », mon ami des premiers jours et nos rendez-vous sur la place.

À Palerme je n'étais pas certain d'en retrouver un. J'interrogeai ma mère. Elle confirma mes inquiétudes. Pas de « Liotru », il était unique, enfin pas tout à fait, il existait d'autres sculptures d'éléphants, mais pas à Palerme, à Rome avec certitude, ailleurs elle ne prétendait pas les avoir toutes identifiées. Dans la capitale, sur la Plazzia della Minerva, un éléphant en marbre blanc, surmonté d'un obélisque, il me fut promis d'aller le voir lors d'un prochain séjour.

Alors dans ce cas nous n'avons qu'à aller vivre à Rome.

Mes raisons n'étaient pas celles de mes parents, au moins de mon père. Et nos goûters dans les jardins, nos recherches à l'université, la plage… tout cela disparaissait, passait par pertes et profits…

À cet instant je n'entrevoyais que des privations, que la perte de tous mes repères. Quitter Catane pour un territoire inconnu, c'était angoissant.

Après quelques jours difficiles je dus me faire à cette idée. Je me rassurai, du moment que j'étais avec ma mère et mon père, il ne pourrait rien m'arriver de fâcheux dans cette nouvelle destination.

À Palerme donc, ma nouvelle vie allait se dérouler. Tel mon père en avait décidé. Telle ma mère en avait accepté l'idée, un peu à contrecœur.

Notre séparation, Gino et moi, fut un moment digne d'une grande tragédie. Nous pleurions dans les bras l'un de l'autre, inconsolables. Toutes les promesses faites pour nous réconforter, pour convenir de retrouvailles régulières, rien ne pouvait atténuer ce sentiment de perte. J'en demeurai très atteint de longs jours. Palerme, dont on n'eut de cesse de me vanter les charmes, n'était pas une rivale capable de me faire oublier mon ami Gino.

La famille s'installa dans un appartement que ma mère jugea convenable, plus vaste que celui de Catane, avec des balcons, au troisième étage d'un petit immeuble, dans la rue Empédocle, oui, pur hasard, dans le quartier Borgo Vecchio, à équidistance du port de commerce et du jardin Anglais. Le quartier était très animé, surtout la nuit ce qui créait de l'inquiétude chez ma mère, mais mon père avait insisté, ce n'était que provisoire, avant longtemps ajoutait-il, nous aurons déménagé. Pour un œil extérieur il régnait une certaine anarchie, à commencer par les voitures qui stationnaient au petit bonheur la chance, les parkings dédiés étaient rares et souvent remplis par des véhicules qui squattaient l'emplacement, qu'il soit public ou privé. Les deux roues, scooters, motos remplissaient les rares espaces non occupés par les poubelles et les matériaux entreposés en attente d'un chantier qui s'éterniserait car les fournitures seraient volées cent fois avant son achèvement. Les fils électriques, les tuyaux, les câbles en tous genres s'agglutinaient, s'entrelaçaient, pendaient comme des guirlandes de Noël accrochées aux façades en partie délabrées. Les crépis éclatés, les reprises successives inachevées, les ocres décolorées, étaient autant d'aveux du manque de moyens octroyés à l'entretien du patrimoine immobilier. Les commerces, denses et variés, connaissaient des horaires d'ouverture fluctuants mais plutôt généreux. Je veux dire que s'il était affiché un horaire d'ouverture cela ne garantissait pas qu'il le fût à ce moment, mais l'avantage de cette pratique locale à l'entière discrétion du gérant était que vous pouviez vous présenter deux heures après l'heure officielle de fermeture et le trouver encore à son comptoir.

Pour les habitants du Borgo Vecchio, loin d'y voir de l'anarchie et des dérangements, ils ne notaient rien de particulier, c'était leur manière de vivre dans cette communauté, vivante et assez fraternelle.

⁓

Habiter ici, c'était pratique pour mon père qui était tout proche de son travail et pour nous à quelques rues du centre pour nous y promener et découvrir la ville. Ma mère n'avait rien de mieux à faire dans cette première période. Elle attendait un peu avant de trouver une nouvelle occupation, voulant une transition douce pour moi, m'accompagnant tout le temps qu'il me faudrait pour m'accoutumer à ma nouvelle vie et me refaire quelques copains. La marmaille ne manquait pas dans l'environnement, elle était livrée à elle-même, souvent sous la coupe des aînés plus préoccupés par leurs propres activités que par celles des plus jeunes et leur éducation en souffrait beaucoup, si bien que ma mère se montrait très sélective. Ma nouvelle école n'était pas mal mais je n'y connaissais personne. Gino me manquait. Ma mère et moi prîmes l'habitude de nous rendre au jardin Anglais, à deux pas de notre nouveau chez nous, un parc urbain où l'air était plus respirable quand la chaleur nous accablait. Nous aurions aimé y retrouver l'atmosphère du jardin Bellini, de nos goûters, mais ce n'était pas comparable. Dès ma première promenade j'avais été impressionné par des arbres géants qui m'apparaissaient tentaculaires. Ma mère m'expliqua qu'il s'agissait d'arbres remarquables, dont le nom scientifique était « *Ficus Macrophylla* », plusieurs fois centenaires, et que l'on appelait aussi « arbre étrangleur ». Du coup j'hésitais à m'en approcher. Décidément entre l'arbre étrangleur et les plantes carnivores, il fallait se montrer méfiant et tempérer sa proximité avec la nature. En fait elle m'expliqua que je ne risquais rien, ils ne s'attaquaient pas aux humains, mais les racines aériennes qui pendaient comme de gros haricots et qui impressionnaient les observateurs, finissaient par se transformer en tronc en arrivant au sol. Je les trouvais un peu plus effrayants à la tombée de la nuit quand seule leur silhouette se détachait dans le ciel, et que les racines ressemblaient à des pattes d'araignées géantes. Mon imagination trouvait là une source inépuisable et des créatures plus folles les unes des autres naissaient au fur et à mesure de notre déambulation nocturne. Ma mère jouait avec moi et nous faisions des concours à n'en plus finir, repoussant l'heure de rentrer. Mon père s'en inquiétait parfois, ne comprenant pas que nous restions si tardivement dans ce parc.

Un jour, au hasard de nos vagabondages dans la ville, nous tombâmes sur un arbre qui avait perdu son statut initial pour se transformer en mémorial. Des fleurs partout, accrochées aux branches, posées à même le sol, des messages que je pris par erreur pour des ex-voto que j'observais dans les églises, je posai bien évidemment des questions.

Ma mère me précisa que ce magnolia, qui poussait devant le domicile d'un juge, pas n'importe lequel, était devenu « L'arbre Falcone ».

Elle m'expliqua qu'il fut assassiné dans un attentat d'une extrême violence et particulièrement spectaculaire, lui, sa femme et ses gardes du corps. Ils ont fait le sacrifice de leur vie.

— Comme les saints demandais-je ?

— En quelque sorte Aflio, pas pour défendre la foi chrétienne mais au nom de principes tous aussi forts, ceux de la loi républicaine, auxquels nous devons être tout autant attachés.

— C'est dangereux d'être juge alors ?

— Parfois oui, quand on est vertueux, on peut le payer de sa vie. Le juge Falcone et ses confrères, car il y en a eu avant lui et d'autres après lui, qui ont été tout aussi sauvagement et lâchement assassinés, se sont simplement engagés à faire respecter la loi et à débarrasser ce pays de la gangrène qui y prolifère depuis des décennies. C'est un peu compliqué mais je t'en parlerai un peu plus tard quand tu seras en âge de comprendre. Il n'a pas failli à son devoir. Tu sais, Aflio, quoi que tu fasses, il faut le faire bien, entièrement, dans le respect des règles, en faisant ton devoir, juge ou pas, sinon je ne sais pas comment tu peux continuer de vivre en ayant de la considération pour ta propre vie. Ils connaissaient les risques et ils n'ont pas cédé aux menaces, pour nous, pour moi Sophia, pour Béni, pour toi, pour tout un chacun. C'est ça le sens du devoir Aflio. Le jour anniversaire, le 23 mai, il y a des commémorations d'organisées dans tout le pays et dans ton école je crois que l'orchestre et la chorale jouent et chantent en mémoire de ces héros. Je vais me renseigner. Tu pourras t'y joindre si tu veux.

✺

Nous découvrîmes ensemble les monuments remarquables de la capitale. « Le Palais des Normands », « La Chapelle Palatine », bien évidemment furent visités à plusieurs reprises. Il fallait bien ça pour que j'en comprenne toutes les constructions successives au cours des siècles, que je m'imprègne de tous ces styles, que j'apprécie toutes les cultures qui ont cohabité dans ces lieux.

Alors que nous étions à l'entrée de « La Chapelle Palatine », et que ma mère me montrait l'inscription sur le mur, en trois langues, latin, grec et arabe, qui date de 1142, et qui témoigne de cet esprit de tolérance et de mélange des cultures, nous fûmes interrompus par une de ses connaissances, Luigi, un parlementaire qui siégeait et profitait d'une pause. « Le Palais Royal » est devenu le siège de l'Assemblée Régionale.

— Je profite d'une interruption de séance pour prendre un peu l'air. J'ai entendu tes propos adressés à ce charmant jeune homme, ton fils j'imagine, je ne suis pas certain qu'aujourd'hui nous fassions preuve d'une aussi grande ouverture d'esprit, d'une aussi grande tolérance. La philosophie a abandonné la place et laissé s'installer un climat qui ressemble plus à une foire d'empoigne. Si vous voulez, je vous fais entrer dans la salle où se tiennent les séances du Parlement. Quand nous siégeons c'est interdit à la visite, c'est le cas aujourd'hui, mais je vais user de mon pouvoir discrétionnaire. Allez, suivez-moi, vous allez voir le lieu où se prennent les décisions pour gérer et administrer cette région, qui sait, de cette expérience naîtra peut-être une vocation, et un jour tu seras peut-être candidat. Allez suivez-moi !

La salle était totalement intégrée au « Palais Royal », lui-même dans l'enceinte du « Palais des Normands », elle était vaste, toute en longueur, avec des plafonds hauts, et des peintures monumentales accrochées aux murs.

Le lieu ne me parut pas si différent d'une église. Je veux dire que les parlementaires étaient disposés sur des travées, comme dans un lieu de culte et faisaient face non pas à un autel avec les officiants mais au président et ses assesseurs installés en arc de cercle, veillant au bon déroulement de l'ordre du jour, régulant les prises de parole et les votes. Les parlementaires n'étaient pas spécialement installés confortablement. Banc de bois, brillant comme un sou neuf et se substituant au prie-Dieu, une tablette de la même essence sur toute la longueur de la travée pour y déposer les dossiers et y prendre des notes. Entre les élus du peuple et les ecclésiastiques il n'y avait pas tant de différences dans la manière d'être configuré en assemblée, pas plus que dans le vocabulaire pour désigner la nature de leurs missions : ministère pour les uns, sacerdoce pour les autres.

Les personnes extérieures à l'assemblée d'élus, les auditeurs, les collaborateurs, les invités, se tenaient derrière les parlementaires, à leur suite, dans un espace délimité, identifié, assis dans des fauteuils en bois vernis à l'assise de cuir rouge, alignés en bon ordre. Seules les caméras de télévision sur pied, installées dans les allées, qui captaient les séances, apportaient une touche de modernité. C'était austère et peu fonctionnel mais il y avait le prestige du lieu, sa continuité historique.

༄

J'eus le privilège de m'asseoir à la place de Luigi et même dans le fauteuil du Président. Ma mère immortalisa cet instant. Elle avait trouvé la formule pour commenter la photo et l'envoyer aux amis et à la famille : « Aflio a trouvé sa voie : représentant du peuple. »

16

Durant tout l'été nous partîmes à l'exploration des différents quartiers, nous apprîmes à domestiquer la ville. Le port me fascinait. Les bateaux marchands, bien plus audacieux encore que « Liotru » défiant les lois de l'équilibre avec son empilement sur le dos, étaient chargés de containers au-delà du raisonnable, rivalisant en hauteur avec les flèches des cathédrales, nouveaux édifices cultuels dédiés au commerce mondial, approvisionnaient les consommateurs à satiété. J'essayais de me renseigner sur la provenance des cargos en interrogeant les personnels et de retrouver le pays sur la carte en m'aidant d'une petite mappemonde en papier que je déployais. Plusieurs fois par semaine de nouveaux paquebots de croisière faisaient escale pour une nuit ou deux et déversaient un flot innombrable de passagers pour quelques heures d'escapades dans la capitale sicilienne, avant de repartir pour une nouvelle destination.

Ma mère me faisait observer les mutations : « Quand on songe aux voyageurs du XVIIe et XVIIIe siècles qui mettaient des mois, voire des années pour visiter un territoire, quelques capitales ou métropoles, le monde contemporain offre cette possibilité de faire en quelques jours un périple entre Barcelone, Marseille, Naples, Palerme, Athènes, Heraklion, Alexandrie ou La Valette. Découvrir les lieux sûrement pas, y poser le pied oui. Tu as vu le temps que nous avons consacré à découvrir Palerme, que nous sommes loin de connaître, alors tu imagines ce que l'on peut retirer d'une traversée aussi express. »

Moi je m'aidais des films et des séries que j'avais vus pour essayer d'imaginer la vie à bord, espérant qu'un jour je trouverai le moyen d'être convié à une visite. Ces monstres des mers n'étaient pas toujours les bienvenus, certains habitants trouvant que leurs fumées, noires et très chargées en résidus de combustion, polluaient les abords et se répandaient dans les quartiers au gré du vent. Nous-mêmes, nous n'étions pas toujours épargnés.

Moi j'aimais bien entendre la sirène qui annonçait l'entrée au port ou le départ imminent et j'insistais pour convaincre mon père ou ma mère de m'emmener, toutes affaires cessantes, voir le géant depuis le quai.

Après l'été ma mère recommença à fréquenter l'université et même si mon père chercha à l'en dissuader, nos ressources lui permettant de rester à la maison et de s'occuper de moi en priorité, elle passa outre et accepta un poste d'enseignante.

Je finis par m'adapter à cette nouvelle vie. Les commerçants du quartier nous avaient adoptés et quand j'avais la charge en rentrant de l'école de ramener quelques courses, il n'était pas rare qu'ils refusent mon argent ou qu'ils chargent mon cabas de quelques produits supplémentaires destinés à ma famille.

« Aflio, viens un peu par ici, tu donneras ça à ta mère, du premier choix… » « Aflio, choisis des gâteaux pour toi et ta famille… »

« Aflio, de ma part pour ton père… n'oublie pas ».

J'étais assez fier en rentrant avec mes présents. Je percevais cette générosité comme la marque de la reconnaissance que les commerçants portaient à notre famille et en particulier aux services que mon père semblait rendre volontiers.

C'était plutôt une bonne chose d'être estimé par le quartier. Se montrer serviable avec son prochain, figurait dans la liste des principes que mes parents m'inculquaient, mon père était exemplaire pour moi. Tous reconnaissaient que depuis son arrivée l'environnement était beaucoup plus propre. Les commerçants, les artisans, les voisins lui en attribuaient le mérite. Le contraste était parfois fort, il suffisait de se rendre quelques rues plus loin pour constater que les voies étaient jonchées de cartons, de détritus, de cageots. Les trottoirs n'étaient pas mieux lotis, devenus impraticables pour les piétons et les mères de famille conduisant des poussettes ou des landaus. Il y avait là des montagnes de vêtements abandonnés, des objets les plus hétéroclites, matelas, sommiers, armoires, lave-linge, gazinières, échafaudages amputés, pots de peinture vides, gravats, cagettes de légumes ou de fruits pourris et même des carcasses de voitures dépouillées de tous les accessoires encore utiles, un catalogue d'objets domestiques et surtout l'illustration convaincante des incivilités les plus notoires dont les habitants de la cité étaient coutumiers. Une déchetterie en pleine ville. La faune était gloutonne et trouvait là des ressources inépuisables de denrées. Les rats à la fête, rivalisaient entre eux à qui serait le plus dodu. Les oiseaux, en nuées, principalement des mouettes, des goélands et des cormorans, craillaient à qui mieux mieux pour annoncer leur arrivée au festin et tenter d'écarter les rivaux. Les chiens errants se rassemblaient en bandes investissant physiquement le territoire. Les clochards, les SDF, les mendiants avaient du mal à faire leur marché en toute quiétude, il leur fallait s'imposer pour obtenir leur part du gâteau.

～

Les odeurs, synthèse d'un assemblage improbable, auraient désorienté « un grand nez » incapable d'identifier chaque origine, se contentant de les qualifier globalement d'incommodantes. Quand un orage survenait, tel un radeau, des lots entiers de produits voguaient et venaient s'empiler les uns contre les autres, au gré des courants, dans un carrefour ou un virage contraignant la circulation à se détourner à l'image d'une déviation pour travaux. Il ne venait à l'idée de personne de les retirer, non, on s'en accommodait en les contournant.

Cela alimentait les discussions entre mes parents.

— Béni, disait ma mère, tu peux m'expliquer pourquoi la via Montellegrino le long du Mercato Ortofrutticolo est dans cet état ? Combien de temps cela va durer avant que les équipes de nettoyage entrent en action ? Comment peut-on laisser s'amonceler autant de poubelles avant d'intervenir ? Cela me dépasse cette gestion.

Béni répondait que ce n'était pas simple et que cela allait se régler, qu'il fallait un peu de patience.

— Béni, vous manquez de personnel, de matériel ou quoi ? Des chômeurs il y en a à tous les coins de rue, qu'est-ce que vous attendez pour les embaucher, poursuivait-elle ?

— Oui, oui… de quoi te plains-tu, ici c'est propre non ?

— Avez-vous pensé aux autres familles, aux autres quartiers… C'est déplorable de vivre ainsi dans une capitale, qui par ailleurs reçoit autant de touristes. Remarque ceux qui sont en croisière ne voient rien, ils descendent du bateau, grimpent dans un bus qui les attend, font un tour de ville parfois sans même quitter le pullman et s'en repartent. Ils pourront dire j'ai fait « Palerme », et cocher la ville dans la liste de leurs destinations.

Béni se risquait parfois à une remarque.

— Dommage pour eux, ils auront manqué les sublimes effluves et les installations de nos artistes en herbe, ce n'est pas pire que ce que tu me montres parfois !

— C'est ça, ironise, j'imagine la tête des étrangers qui débarquent à « L'Astoria Palace », s'ils sont venus chercher un dépaysement ils ne sont pas déçus. Quelle image à l'extérieur ? Quelle vie pour les riverains ?

— Pas devant le petit, concluait mon père, pour échapper à la discussion et couper court.

Cela tournait toujours vinaigre, une expression de ma mère, quand ils se faisaient des reproches sur ce sujet.

⌇

Elle avait rejoint l'université et avait en charge des travaux dirigés sur la littérature étrangère, en particulier la littérature française. Elle essayait de transmettre sa passion aux étudiants qui participaient à ses ateliers.

Elle y consacrait beaucoup trop de temps, faisait observer mon père, qui n'aimait pas qu'elle s'investisse au-delà de ses cours dans les activités de l'université. Les débats, les échanges, les manifs, ce n'était pas son truc, et il ne tenait pas trop en estime tous ces individus qui s'apitoyaient sur la misère du peuple sans jamais l'avoir touchée de près et qui passaient leur temps à pérorer et remettaient sans cesse le monde en question.

⌇

Un jour en rentrant du collège, je surpris sur le visage de ma mère, des larmes, qu'elle ne

161

cherchait même pas à masquer. Voir sa mère en larmes c'est un choc pour un enfant, la fin du monde. Je me précipitai vers elle, la serrant dans mes bras. Elle fut surprise.

— Que se passe-t-il ?

— Mais c'est à moi de te demander, pourquoi pleures-tu ? Que t'est-il arrivé ?

— Ah c'est ça. Ce n'est rien, c'est l'émotion. J'écoutais « La Norma » et je suis tellement bouleversée à chaque fois que je ne peux me retenir. Tu es trop jeune pour l'apprécier mais « La Norma », c'est le chef-d'œuvre du bel canto, l'expression la plus achevée du romantisme. Cet opéra concentre tout, la violence des passions, la tragédie, la rédemption par la mort, c'est si beau, si pathétique, si profond, la mélodie t'envoûte, te pénètre, te prend aux tripes, tu sens que cela vient du tréfonds de l'âme, c'est la pureté absolue du chant. On insiste souvent juste sur la prouesse technique, c'est très difficile à chanter Aflio. Tu n'imagines même pas. Certes il faut du souffle, de la précision, une virtuosité exceptionnelle, peu de cantatrices sont capables de sortir un contre-ut, alors plusieurs dans une même œuvre, là c'est hypersélectif. Mais cela ne suffit pas, au-delà de la performance il faut avoir cette faculté rare, cette sensibilité à fleur de peau pour être capable de toucher l'âme de l'autre par sa seule interprétation. Il n'y a, de par le monde et au fil du temps, que quelques divas aux qualités exceptionnelles qui ont pu accomplir ce miracle. Tu vois, Aflio j'aurais aimé rencontrer ce Bellini, il devait avoir bien des qualités humaines. Quelle musique, quelle audace, quelle sensibilité, comment aurions-nous pu être privés de cet homme. C'est un bienfaiteur, à travers sa musique il est capable de nous faire oublier le quotidien, de nous permettre d'élever nos âmes. Ceux qui te disent que les artistes ne servent à rien sont des imbéciles. Ils nous sont indispensables. Bellini a créé cette musique et placé d'emblée la barre très haut. En l'écrivant il pensait à Giuditta Pasta, une diva de son époque. Elle pouvait chanter comme contre-alto et soprano, c'est dire l'étendue de la gamme de sa voix. Bellini était très exigeant, trop du reste car la première représentation de « La Norma » fut controversée. Il dut réécrire la partition et baisser d'un demi-ton pour que l'interprète puisse la chanter. Plus tard La Callas fut immortalisée dans l'aria célèbre « Casta Diva » qui me remue tant, et je ne suis pas la seule. Je crois que personne ne peut rester insensible à cette interprétation. À l'instant où elle chante, elle ne peut pas tricher. Quand on atteint un tel sommet, une telle beauté, une telle perfection, tous en sortent grandis, cela vaut pour l'interprète, pour le musicien autant que pour l'auditeur. Aflio, il faut fuir la médiocrité, elle cherchera toujours à te séduire, il te faut en être conscient et éviter la facilité, ne s'intéresser qu'à l'exceptionnel. Tu y trouveras un bonheur à la hauteur de ton engagement. Un jour, un ami romain, alors que nous regardions une retransmission à la télé de « La Norma » et que le réalisateur s'attardait de temps en temps sur le visage d'un musicien, me dit cette chose qui m'est restée : « on ne peut pas imaginer derrière le visage de ce soliste la tête d'un con ». C'est un peu trivial, je te le concède et te déconseille de reprendre cette expression mais c'est tellement vrai. « La Norma », Aflio, c'est le chef-d'œuvre, nous irons ensemble l'écouter, quand tu seras un peu plus grand, à la première occasion. Je voudrais tant te faire partager mon émotion.

17

Gino vient passer quelques jours à Palerme. L'un et l'autre nous cherchions depuis un moment une opportunité pour nous retrouver. Nos parents nous en avaient fait la promesse. Une occasion se présenta. Alberto, le frère aîné de Gino, devait venir en stage pour quelques jours dans la capitale et mes parents avaient proposé de les accueillir chez nous.

Alberto entrevoyait un poste dans un cabinet de géomètre à Catane et, ayant réussi des épreuves de sélection, il venait pour quelques jours de formation au siège de la société. La puissance publique tentait d'instituer le cadastre dans toutes les communes, cela offrait des perspectives de travail pour des années. On recrutait. Alberto avait bien l'intention de saisir cette opportunité. Il était soutenu par sa famille et Sophia et Béni l'encouragèrent à s'investir dans cette voie. Sa condition ne pouvait que s'améliorer. Alberto et Gino prirent le train pour la première fois de leur vie.

Ma mère et moi étions sur le quai pour les accueillir. Les retrouvailles furent émouvantes mais nous prîmes sur nous pour éviter les pleurs et montrer que nous savions maîtriser nos émotions. N'étions-nous pas en train de nous éloigner de l'enfance ? En tout cas nos corps se transformaient et nous rendaient gauches dans nos mouvements.

Ma mère félicita Gino. Il paraissait moins gringalet que moi-même. Il était devenu svelte et son corps longiligne commençait à se muscler. Lui qui redoutait de prendre de l'embonpoint dans sa jeune enfance, semblait surveiller son poids. Il avoua s'être inscrit dans un club de natation et que cela lui avait procuré assurance, forme physique et goût pour la compétition. La transformation était très positive. Il rappela que c'était Béni qui lui avait appris les rudiments de la natation quand nous passions nos dimanches à la plage. Il ajouta que la propension à boire la tasse qui découlait de la pédagogie mise en œuvre par mon père, ne l'avait pas découragé. Moi un peu plus. Béni s'en trouva conforté et du coup il oublia son échec à nous enseigner les bases du foot. Nous ne serions jamais les rois du ballon rond. Il fallait se faire une raison.

Tandis qu'Alberto s'émancipait à sa manière, ma mère et moi, nous fîmes visiter la capitale à Gino.

Comme moi, naturellement, sa curiosité se porta sur le port, toujours animé, toujours propre à réserver des surprises. Les monuments historiques et leur riche passé l'attirèrent moins que les rues, les ruelles, et les rencontres insolites qui ponctuaient nos promenades.

Nous passâmes de bons moments, presque comme au bon vieux temps, mais le partage de nos récits, de nos expériences ne faisait que confirmer que nos chemins n'étaient plus tout à fait les mêmes.

Notre séparation n'altéra en rien notre amitié, qui était bien réelle mais nous réalisions que l'éloignement, inévitablement, ne favorisait pas une concordance aussi étroite que celle que nous avions connue. Nous évoquions des souvenirs communs, des moments drôles ou nos petites tragédies d'enfants. Ma mère se moquait, elle nous qualifiait « d'anciens combattants » évoquant leurs faits d'armes.

Nos rires étaient spontanés, joyeux, sincères, mais nous savions qu'ils ne dureraient que l'espace d'un instant, que plus rien ne serait comme avant, que nos retrouvailles ne seraient qu'une parenthèse, heureuse, qui réveillait nos frustrations, la douleur de notre séparation. Nous nous étions imaginés partager notre vie sans entrevoir d'épilogue, comme si c'était naturel, inscrit, mais les adultes avaient brutalement brisé nos certitudes. Les parents n'imaginent pas combien des amitiés d'enfance interrompues aussi brutalement peuvent introduire le doute dans l'esprit des enfants.

… Nous étions en train de grandir.

18

J'attendais avec une certaine impatience l'anniversaire de mes douze ans. à cet âge-là on a envie d'accélérer le temps. Ma mère m'avait laissé entendre qu'elle me réserverait une belle surprise. Évidemment comme tous les enfants je voulais en connaître sans plus attendre la teneur. Elle tint bon. Je n'arrivais pas à savoir, pas à deviner la moindre piste. L'impatience me rongeait.

Le grand jour, à mon réveil, rien d'inhabituel ne se passa. J'étais pourtant aux aguets. Ni mon père, ni ma mère ne donnèrent l'impression d'une fébrilité quelconque. Évidemment ils avaient le beau rôle. Je me retins de poser des questions et feignis même d'avoir oublié l'échéance.

À mon retour de l'école, je me lançai dans une véritable enquête. Tel Sherlock Holmes, je fis le tour des pièces cherchant des indices pour imaginer la forme que pourrait revêtir cet anniversaire. J'ouvris les placards à la recherche d'un paquet modeste ou volumineux, signe annonciateur d'un cadeau. Rien de nouveau. Y avait-il quelques invitations lancées en vue de partager un apéritif, un dessert ou un dîner ? J'inspectai le réfrigérateur pour vérifier s'il était anormalement rempli. Je dus me rendre à l'évidence, l'appartement offrait son aspect habituel. Je sortis. J'entrepris un tour des commerçants du quartier, m'attardant en leur compagnie, espérant recueillir un mot qui m'aurait rassuré. Rien. Mon interrogatoire, subtil, du pâtissier fut infructueux. Je fus amené à passer au stade supérieur et à une tentative de corruption de sa fille, une péronnelle qui m'exacerbait, pour obtenir qu'elle consulte le livre des commandes pour vérifier si le nom de ma famille y figurait.

Elle fit du chantage, exigea que je l'embrasse. Vous vous rendez compte ? Je fus tenté de refuser, je n'aimais pas ses manières mais du coup je n'obtiendrais pas mon info. Je l'embrassai vaguement sur la joue. Elle éclata de rire.

— Ne crois pas t'en tirer comme ça, non un vrai baiser, sur la bouche et pas à la sauvette !

Là c'en était trop. Allais-je céder ? Je vais vous décevoir. Oui je le fis, motivé par l'objectif mais sans plaisir aucun et sans la certitude d'avoir obtenu une information fiable. Rien. Le nom de ma famille ne figurait pas à la page du jour. Mais qu'en était-il des jours suivants ? Elle répondit si vaguement que ce fut comme un aveu de sa légèreté à remplir sa mission. Je ne vous cacherai pas que cette expérience fut décevante en tout point pour moi, pour elle je ne sais, elle ne se confia pas et j'évitai à l'avenir sa fréquentation.

Je rentrai et trouvai ma mère qui vaquait à ses activités habituelles. Aucune fébrilité, aucune attitude suspecte. J'offris mes services pour aller porter quelques magazines chez une de ses amies, Elvira, avec qui elle les partageait. Je crois qu'elle ne fut pas dupe de ma subite disponibilité alors qu'habituellement je traînais les pieds pour me rendre chez elle, prétextant quelque urgence. Elle devait penser que j'essayais de me montrer très aimable en ce jour particulier et se réjouissait de mon inquiétude, qu'elle avait devinée. Elvira était telle qu'elle se présentait en semaine. Elle n'avait aucune sortie prévue, sinon je l'aurais trouvée affublée de ses affreux boudins sur lesquels elle enroulait ses cheveux pour les discipliner avant une escapade ou une invitation.

Mes nerfs étaient mis à rude épreuve. Jamais on n'avait oublié mon anniversaire, jamais on n'avait différé la date, quitte à le faire deux fois, une fois dans l'intimité familiale, une autre au sein de la famille élargie et des amis.

Je rentrai à la maison. Tout était calme.

La soirée s'avançait. Je me mis à craindre le pire. Subitement ma mère me rappela qu'il était temps que j'aille prendre ma douche et sans interrompre son activité, sur un ton neutre elle ajouta : « Sois propre comme un sou neuf (une expression française qu'elle citait de temps à autre pour me faire plaisir). Et lave-toi les cheveux, prend mon shampoing, il donnera un peu d'éclat à ta chevelure que je trouve un peu terne en ce moment. Je vais vérifier Aflio, ne te contente pas de laisser couler l'eau… »

Pas question de la contrarier, je me rendis dans la salle de bains avec un peu de vague à l'âme.

Quand j'en sortis, je la trouvai dans ma chambre en compagnie de Beb qui était rentré. Elle avait préparé des vêtements, qu'elle avait déposés sur mon lit, une tenue vestimentaire complète : un complet neuf, veste et pantalon, une chemise blanche, et une paire de chaussures de ville… J'étais interloqué.

— Aflio, n'est ce pas ton anniversaire aujourd'hui ?

Je me contentai de la regarder avec un air de complicité. Évidemment semblait exprimer mon regard.

— Viens que je sèche tes cheveux et que je te coiffe, ensuite tu t'habilleras, il faut que tu sois superbe, ce soir, Béni et moi nous t'emmenons à l'Opéra pour fêter ton anniversaire.

Ce fut une explosion de joie, dans les bras des uns et des autres. Ils n'avaient pas oublié. Je n'étais pas loin de trouver la vie super !

J'arborais un nœud papillon, père et fils rivalisaient dans l'élégance. Ma mère portait une robe d'été longue, très fluide qui laissait deviner un corps souple, de couleur blanche qui tranchait avec nos tenues sombres. Elle portait des talons, pas trop haut, pour se trouver juste au niveau de mon père et rendre leur allure harmonieuse. Boucles d'oreilles et long sautoir assorti donnaient une touche de couleur d'un vert de jade qui accrochait la lumière et les regards.

« Tu es très sexy », avait déclaré mon père en la contemplant alors qu'elle mettait la dernière touche à sa tenue. Je ne savais pas trop ce que ce terme voulait dire mais j'approuvai. Il l'embrassa longuement me rendant presque jaloux. Du coup je revendiquai le privilège de la parfumer, ce qui m'était habituellement réservé. Ce n'était pas parce que ce soir j'étais de la fête que je devais y renoncer.

〜〜〜

Mon père avait commandé un taxi pour nous rendre au « Massimo », il ne voulait pas nous abandonner sur l'esplanade le temps d'aller stationner sa voiture. L'escalier monumental, qu'il faut gravir pour arriver à l'entrée marquée par des colonnes à l'image d'un temple antique, nous en fîmes l'ascension tous les trois, ma mère au centre, tenant chacun de ses hommes, comme elle aimait à le souligner, par le bras. Je n'étais pas peu fier et je n'étais pas le seul, père et mère étaient comblés.

Nous prîmes largement notre temps avant d'entrer dans le hall surpeuplé où les spectateurs s'étaient donné rendez-vous. Ils patientaient dans l'attente de pénétrer dans la salle de concert créant un bourdonnement joyeux. Ils s'esclaffaient en se voyant comme si c'était un pur hasard de se retrouver en ce lieu, se congratulaient, s'embrassaient, riaient comme si tous les soucis de leur vie s'étaient envolés pour ne conserver que le meilleur. Un moment de communion.

〜〜〜

Tenues de soirée pour les uns, très attachés aux traditions, vêtements plus ou moins habillés

174

pour d'autres moins à cheval sur le *dress-code*, le décorum était tout nouveau pour moi. J'étais à l'affût de tout, à la fois impressionné par ce spectacle inédit et rassuré par la présence de mes parents que je ne lâchais pas d'un pouce. J'éprouvais un sentiment de joie irrépressible, incontrôlable. Ma mère avait tenu ses promesses, la surprise pour mon anniversaire, et celle de m'emmener à l'opéra quand je serai en âge. Je franchissais une étape à l'occasion de mes douze ans.

Subitement nous fûmes interpellés, enfin plus exactement mon père.

— Beb, toi ici, et en charmante compagnie, tu ne me présentes pas ?

— Si, bien sûr, Sophia, voici Giovanni, mon *big boss*. Il dirige quelques sociétés, dont celle qui m'emploie. Giovanni, je te présente mon épouse, Sophia et mon fils Aflio, qui pour la première fois nous accompagne à l'Opéra.

— Bonsoir. Mes hommages Madame, je suis heureux de faire votre connaissance. D'habitude j'accompagne ma femme, mais ce soir elle ne viendra pas, elle est souffrante et je dois dire qu'aucun de mes fils, même si je les menaçais de tarir leur argent de poche, n'accepterait de passer une soirée à l'Opéra avec moi.

— Aflio en rêve depuis si longtemps, ce soir

c'est une soirée un peu spéciale, nous fêtons son anniversaire.

— Quel âge as-tu Aflio ?

— Douze ans.

— Formidable, comme j'aimerais les avoir encore.

— Nous allons devoir entrer, la sonnette retentit, excusez-nous Giovanni.

— Où êtes-vous placés ?

— Au parterre.

— Je vous propose de venir dans ma loge.

— Merci Giovanni, c'est très gentil mais nous ne pouvons accepter.

— Bien sûr que si, quelle raison voulez-vous évoquer ? Voulez-vous être désobligeant à mon endroit. C'est mon cadeau d'anniversaire. Allons, venez chère Sophia, j'insiste, vous serez autrement mieux installés, et vous n'allez pas me laisser occuper seul ma loge, ce serait indécent.

～

Je ne sais ce qu'il était convenable de faire mais je dois dire, moi qui n'aie aucune expérience, ni des fauteuils d'orchestre, ni d'aucune autre place dans ce théâtre, que je fus amplement satisfait de partager la loge de Giovanni. Nous avions une vue unique sur la salle. Le spectacle requérait toute mon attention. Entre ceux des spectateurs que nous surplombions, ceux qui s'étageaient sur les quatre niveaux de loges au-dessus de nos têtes, ceux qui voisinaient à notre hauteur et qui s'asseyaient, je découvrais un monde inconnu. Je localisai la fosse d'orchestre, qui m'avait tant intrigué. Seuls les pupitres et quelques instruments étaient disposés, les musiciens n'ayant pas pris place. Le rideau de scène masquait le décor ménageant un certain suspense pour quelques minutes encore. J'étais émerveillé par les couleurs, le rouge qui s'imposait et l'or dont l'éclat était rehaussé par les éclairages du grand lustre et des appliques. Les fresques du plafond, dans des tons pastel, apportaient une palette plus apaisante. J'avais l'impression d'être à l'intérieur d'un coffret-cadeau.

～

Cette fois ce n'était pas mon père qui distillait ses connaissances, mais Giovanni, fier de me faire remarquer que sa loge était au même niveau que la loge Royale, deuxième galerie, un privilège rare ajouta-t-il. « Cela fait bien des envieux. » Tel un architecte vantant quelque construction, il insista sur la conception qu'offraient ces salles, à l'italienne, copiées un peu partout dans le monde, sorte de lieu idéal pour les concerts et les représentations théâtrales. « Le Massimo » peut accueillir quelque mille six cents spectateurs et la scène est si vaste que sept cents acteurs peuvent y tenir, c'est l'un des plus grands.

Le bois est exclusivement en cerisier, c'est le meilleur pour la qualité acoustique, précisa Giovanni. Oui, Palerme pouvait se montrer fière de son théâtre, certes il avait été fermé suffisamment longtemps pour permettre la restauration de la salle de spectacle, (23 ans tout de même) mais cela avait valu le coup.

J'avais mille questions. Je prenais mes repères, révisant les quelques notions acquises en théorie et les confrontais à la réalité du lieu. Je confondis cependant côté cour et côté jardin, ayant oublié que cela dépendait de ma position, spectateur ou acteur.

La conversation prenait un tour aimable.

Après les considérations techniques ma mère insista sur la qualité de la programmation. « Aflio, ici les plus grands sont venus chanter, presque tout le répertoire de l'opéra y a été donné et dans des mises en scène qui ont marqué et parfois soulevé des polémiques mais c'est inévitable, c'est l'essence même de l'art. »

〰

Ma mère fut conviée à présider la soirée avec à sa droite notre hôte et Beb à sa gauche et moi à

178

sa suite. Cela m'embêtait un peu, j'aurais voulu être à proximité de ma mère pour qu'elle me permette de suivre et de me repérer mais elle m'avait déjà résumé l'intrigue, une histoire d'amour mal débutée mais qui finissait bien comme il se devait. Elle me rassura et me conseilla de me laisser porter par la musique et le chant.

Ce soir-là on donnait « L'Élixir d'amour » de Gaetano Donizetti. Un opéra *buffa*, italien, en deux actes, pas très longs, qui connaissait un succès populaire depuis sa création, dont les airs étaient connus et repris par les chanteurs de bel canto dans les rues. C'était pur hasard de la programmation. Ma mère me dit : « Aflio, tu connais les principaux, tu vas les reconnaître. »

~~~

Je fus pris au piège. Je ne doutai pas un instant du pouvoir du regard d'Adina pour reconquérir son amoureux, de préférence à l'élixir beaucoup moins puissant.

J'aurais voulu être Nemorino interprétant « *Una furtiva lagrima* ». À cet instant je me voyais un destin de ténor.

Moi je n'aurais opposé aucune résistance à la déclaration d'amour d'Adina. Je me retins de verser des larmes craignant les sarcasmes de mon entourage masculin, je dus lutter, mais je com-
~~~

prenais un peu plus les triomphes de l'amour et les pleurs de ma mère à l'écoute de « La Norma ». La musique et l'opéra en particulier étaient des promesses d'émotion et de bonheur.

C'est peu de dire que je fus emballé.

J'étais le plus enthousiaste dans les applaudissements. J'aurais voulu que cela durât encore un peu plus. Ma mère et mon père remercièrent Giovanni pour son invitation à partager sa loge et le convièrent à se joindre à nous pour la suite, prévue dans les foyers du Théâtre. Il accepta et demanda juste de patienter quelques minutes. Il avait un truc urgent à régler. Nous gagnâmes notre table réservée dans l'attente de Giovanni. Il ne tarda pas à faire son entrée. Mon père donna le signal au maître d'hôtel et bientôt la salle fut plongée dans une demi-pénombre, éclairée par les seules bougies qui surmontaient la pâtisserie généreuse qui m'était destinée.

Les autres convives devinèrent aisément qu'on s'apprêtait à fêter mon anniversaire et à entonner le chant cérémonial rituel. Ils furent stoppés dans leur élan par le ténor et la soprano, qui firent leur entrée, à peine débarrassés de leurs costumes de scène, une serviette de toilette protégeant leur cou d'un courant d'air fatal. C'était ce qu'on appelle un coup de théâtre, ma foi fort bienvenu. Une idée de Giovanni. Le ténor lança la première note et accompagné de la soprano, ils improvisèrent sur le thème « d'heureux anniversaire Aflio », invitant d'un geste des mains, le public à former le chœur. Toute la salle participa. Il y eut des *bis repetita*. J'étais au centre du monde.

Mon père avait commandé du champagne français sur les recommandations de ma mère. L'événement méritait cette folie. Je fus autorisé à boire ma première coupe. Giovanni, les solistes, et quelques personnes venues me féliciter, trinquèrent avec nous et nous partageâmes le gâteau après que j'eus soufflé les bougies sous les flashs des photographes.

Giovanni prit la parole. Je crus qu'il allait se livrer à quelque discours et, si j'étais heureux de cette fête inattendue, je trouvais que c'était un peu trop tous ces regards portés sur moi. J'avais envie de disparaître.

Il m'interrogea.

— Aflio, sais-tu pourquoi les hommes aiment tant le champagne ?

— Parce que c'est bon ?

J'avais répondu avec spontanéité, persuadé d'avoir visé juste.

— Il faut qu'on initie ce jeune homme. Qu'il prenne en main sa coupe comme il se doit.

Je tenais le verre par sa tige qui me paraissait fragile et j'étais attentif à ne pas le laisser échapper et de le briser ce qui aurait été du plus mauvais effet. C'était la première fois que je buvais du champagne et que j'usais d'un verre de cette forme. Qu'avais-je donc commis comme incongruité ? Je ne savais comment me conformer au rite.

— Aflio, prends la coupe dans ta main, comme tu le ferais d'un sein de femme. Quoi ? Ne me dis pas que tu n'as pas encore fait cette expérience ? Ne vois-tu pas que c'est la forme d'un sein qui a inspiré ce verre.

Sa remarque me troubla, du coup je ne savais plus comment tenir l'objet et boire ce breuvage.

Ma mère vint à mon secours.

— On prétend que la forme en fut moulée sur le sein d'une femme, mais les versions diffèrent, pour les uns c'est le sein de Marie-Antoinette, reine de France, épouse de Louis XVI, à la demande de son époux qui voulait créer ce récipient particulier, pour les autres celui de la Marquise de Pompadour la maîtresse favorite de Louis XV. L'histoire vous laisse choisir la légitimité ou l'adultère. Aflio, peu importe la manière dont tu tiens ton verre, l'essentiel est que nous soyons avec toi pour partager ton bonheur.

Buvons à toi, à ton avenir. Je me réjouis chaque jour de ta présence.

༈

Giovanni vint prendre congé de ma mère et la félicita pour le choix du champagne français. « C'est le seul qui vaille, vous avez très bon goût. Je ne doute pas que nous nous revoyions. Très bonne soirée, Sophia. »

Plus personne, dans Palerme, n'ignorait que ce soir j'avais douze ans et que j'avais fait ma première sortie à l'Opéra.

Ma mère m'avait promis une surprise, c'était bien au-delà de mes plus folles espérances.

19

Quelque temps après mon père nous annonça une nouvelle qui nous concernait tous. Son entreprise disposait d'un logement qui se libérait avenue de la Liberté, et on proposait de le mettre à sa disposition.

— Si Aflio, expliqua-t-il, continue ses études, il aura bientôt besoin d'un espace plus grand pour travailler ses cours, sa chambre est vraiment étroite. J'espère bien qu'il ira à l'université, c'est ton vœu aussi, Sophia ?

— Bien sûr, confirma ma mère…

— Alors nous sommes d'accord. Je continue ma description. Une grande pièce commune, une belle salle de bains en marbre, des rangements pour toutes les tenues vestimentaires et les livres de Sophia, trois chambres et une pièce qui peut devenir un bureau que vous pourriez peut-être même partager. L'immeuble, quasi neuf, est très moderne avec un ascenseur mais nous n'en aurons pas vraiment l'utilité car l'appartement est en rez-de-chaussée, avec un jardinet entouré de haies qui nous protégeront de la vue du voisinage. J'oubliais, climatisation… et en prime un « sainte-agathe ». Il marqua une pause.

Nous nous regardions sans comprendre…

— Tu te souviens Aflio quand tu as décidé de me priver de ce gâteau pour marquer ta révolte ?

— Oui, c'était justifié, mais je ne vois pas le rapport avec l'appartement ?

— En fait je voulais dire en évoquant le « sainte-agathe », cerise sur le gâteau, c'est ton expression, Sophia, mais j'ai fait un flop, je n'ai pas votre sens de l'humour. Je ne devrais pas m'y risquer, je n'ai aucun talent. Je voulais insister sur l'avantage supplémentaire, il y a un arrêt de bus devant l'immeuble ce qui vous permettra à l'un et l'autre de vous déplacer plus facilement. Alors vous en dites quoi ?

— De la décision d'Aflio de te priver de ton « sainte-agathe » dominical ?

— Moquez-vous, je suis une cible facile. N'est-ce pas une bonne nouvelle ? Je prends rendez-vous pour la visite ?

Ma mère était dans la retenue…

— Et le loyer, Béni ?

— Quasiment rien, un logement de fonction pour valoriser mon travail, mon patron Giovanni a l'air satisfait des résultats que j'obtiens.

～

Ma mère, d'abord réticente, céda, pas mécontente de m'éloigner des influences néfastes qui rôdaient autour de nous. Mes camarades avaient des centres d'intérêt bien éloignés des miens et ma mère s'inquiétait de me voir les adopter. Nous déménageâmes néanmoins un peu à regret, nous nous étions attachés à nos voisins, au demeurant très sympathiques, mais le confort, l'espace et l'environnement du futur appartement furent des arguments majeurs. Nous avions connu Catane, puis le Borgo Vecchio de Palerme, nous allions découvrir un nouveau quartier d'un meilleur standing, il nous fallait aller de l'avant, c'était la conclusion de mon père. Il se montrait constant dans son objectif.

～

Notre premier repère en arrivant à Palerme fut le jardin Anglais, il était devenu le pivot de nos existences, nous allions en conserver la référence, nous contenter de le contourner, à 180°

187

pour passer d'un quartier à un autre mais la physionomie était bien différente. D'un côté des rues assez étroites, des immeubles mitoyens, une concentration de logements superposés et alignés, avec de rares espaces pour respirer, c'est pour cela que nous avions fait du jardin Anglais, par sa proximité avec notre lieu de vie, notre zone d'oxygénation. De l'autre côté une avenue vaste, si étirée en longueur que même en nous positionnant dans l'axe nous n'en voyions pas la fin. Des espaces pour les piétons très larges, avec une végétation dense, des palmiers, des bougainvilliers, des lauriers roses qui donnaient l'impression d'être là depuis des décennies. Des immeubles très éloignés les uns des autres, offrant des trouées vertes, la qualité de vie des habitants avait été prise en compte par les urbanistes en charge de la conception. C'est là, sur cette avenue que le luxe s'exposait. « Prada », « Vuitton », ou « Hermès », ces marques nous devenaient familières, même si nous ne pouvions que nous contenter de regarder les collections au travers des vitrines. Nous n'étions pas à plaindre. Mon père en tirait une réelle satisfaction. Il était toujours inquiet, même s'il le dissimulait habilement en faisant le fanfaron, il doutait de sa capacité à nous assurer un train de vie convenable.

Quand nous étions seuls tous les deux, il se livrait un peu, parfois, évaluant le chemin parcouru, depuis le départ de son village natal Alfio. « Rien de ceci n'était écrit, me disait-il. J'aurais pu finir là-bas à survivre en faisant un peu de tout ou bien partir comme mes frères, loin du pays, en oubliant mes racines. Au lieu de ça j'ai une femme magnifique, brillante, très intelligente, très cultivée, que j'aime comme un fou, et un fils… pas trop mal… » En général il éclatait de rire et ajoutait : « Aflio je ne peux pas te dire ce que je pense de toi, car tu vas prendre la grosse tête et te laisser vivre sans plus aucun effort… Aflio je t'aime autant que ta mère, vous êtes mon essentiel tous les deux, sans vous je n'aurais jamais eu le courage d'accomplir tout ça… »

Mon père laissait à ma mère le soin de gérer les ressources du foyer, il se contentait, disait-il, de travailler pour gagner notre vie. Elle lui rappelait qu'elle-même y contribuait et qu'elle n'avait jamais considéré que le mariage devait conduire une femme à vivre aux crochets de son mari. Question d'indépendance disait-elle. L'autonomie financière c'est indispensable. C'est vital pour la liberté. Il ne faisait aucun commentaire.

〜

J'appréciais d'étudier. Je n'étais pas mauvais. Grâce à quelques professeurs très investis et qui donnaient beaucoup à leurs élèves, je pouvais approfondir certaines matières que ma mère m'avait fait découvrir. Ma motivation ne faiblissait pas depuis l'enfance. Les connaissances étaient une source inépuisable d'échanges avec ma mère et je tenais à conserver ce privilège.

Je ne pouvais me reposer sur mes lauriers, elle me ramenait vite à la réalité. « Aflio, ce qui compte ce n'est pas ce que tu sais ou crois savoir, ce n'est pas le bon thermomètre, ce qu'il te faut évaluer c'est ce que tu ne sais pas : l'exacte étendue de ton ignorance, comme l'observait Confucius. Voilà ce qu'il disait : « Le savoir véritable consiste à connaître l'exacte étendue de son ignorance. Tu vois le chemin est long. À méditer. »

J'avais fait des progrès considérables en français et parfois, sous le prétexte de me familiariser, nous parlions dans cette langue à la maison, ce qui avait le don d'irriter mon père qui se sentait exclu. Pour m'encourager, c'est l'argument qu'ils utilisèrent, mes parents promirent que nous irions en vacances à Paris si j'obtenais « Le Maturità », notre bac italien. Chez nous il est obligatoire de suivre un enseignement jusqu'à 16 ans et le cycle qui aboutit à la fin des études secondaires est plus long qu'en France d'un an.

La perspective d'aller traîner dans le quartier latin si souvent évoqué par ma mère, de visiter les principaux monuments, « la Tour Eiffel », « Notre-Dame », « Montmartre », « la Cité », « Le Louvre », « Le Centre Pompidou », d'arpenter les rues et de respirer l'air de Paris sur les Champs-Élysées me stimulait et j'avais hâte d'atteindre cette dernière phase. Maman m'avait communiqué sa passion pour cet esprit français, à nul autre pareil qui l'inspirait tant. Je voulais partager ça avec elle.

〰

Je n'avais jamais véritablement remplacé Gino. J'avais éprouvé une telle peine que je ne voulais plus me faire avoir. La cicatrice n'était pas visible mais elle était bien encore là. Je sortais un peu avec mes camarades de lycée, j'allais au cinéma, je traînais en ville pour approcher les filles, mais je n'avais pas envie de m'attacher. Mon cercle était limité et je fréquentais plutôt ceux qui envisageaient de poursuivre leurs études à l'université que ceux qui pour des raisons économiques ou de désaffection entreraient, de gré ou par nécessité, « Maturita » en poche ou non, dans ce qu'il est convenu de nommer la vie active, autrement dit de gagner leur vie.

191

J'avais cette chance, offerte par mes parents, j'en avais conscience et ne voulais pas la gâcher par un excès de dilettantisme.

～

J'étais toujours préoccupé par mon prénom. Se présenter et l'énoncer, chose naturelle entre ados, ne l'était pas pour moi. Immanquablement quelqu'un demandait de répéter, d'épeler, montrait son étonnement, se prénommer Aflio n'allait pas de soi.

Un jour ma mère me surprit en train de gribouiller sur une feuille de papier.

— Tu t'essaies à la calligraphie, Aflio ?

Elle avait aperçu quelques groupes de lettres ici et là.

Je dus lui avouer que j'étais à me triturer les méninges pour faire surgir un diminutif acceptable, sur lequel je pensais m'appuyer pour le substituer à mon prénom. Avec le temps on finirait par ne plus se souvenir d'Aflio et mon surnom se serait imposé à tous… Je n'étais pas mécontent de ma stratégie, le problème sur lequel je butais présentement était que je ne trouvais pas à le remplacer par quelque chose de plus acceptable. Un prénom court ne s'y prête guère et l'autre piste, que j'explorais, était de m'accrocher à une particularité physique ou un trait de caractère et l'on n'est jamais le mieux placé pour le remarquer, sans négliger le fait que cela peut ne pas être à votre avantage.

Elle convint que ma stratégie se défendait et chercha avec moi une alternative. Peut-être n'étions-nous pas très imaginatifs mais très vite nous convînmes que nous tournions en rond et qu'aucune perspective satisfaisante ne s'offrait à nous.

— Tu sais, Aflio, finit-elle par dire, je ne pensais pas que cela t'affectait. Pour nous Aflio tu es, Aflio tu resteras et c'est très bien ainsi. Ce n'était pas le projet originel mais qu'importe, ce qui compte c'est qui tu es et même je crois que de cette différence il te faut en faire un atout. Tu es unique Aflio, y compris par ton prénom, tu dois en tirer toute ta force et ne pas t'en trouver affaibli.

— Oui mais parmi mes camarades, il y en a toujours un pour se moquer.

— Parce qu'il sent qu'il peut le faire. Présente-toi avec assurance, dis haut et fort ton prénom et devant une marque d'étonnement, tu soulignes le fait que c'est un choix délibéré de tes parents qui voulaient un prénom unique pour toi. Voilà qui calmera les esprits par trop railleurs et te donnera de l'assurance.

— Je vais essayer, tu as sûrement raison.

— Aflio, il y a bien d'autres raisons d'être tourmenté dans la vie, sois fier de ton prénom, tout le reste n'a aucune importance. Sois léger, rien qu'un peu, parfois je te trouve trop raisonnable… je ne devrais pas dire ça !

〜〜〜

J'obtins mon Maturita et pour marquer cet événement nous fîmes une petite fête en compagnie de mes camarades de lycée et de voisins. Mon père voulait inviter ses amis et marquer sa fierté, mais s'ils appréciaient Sophia ils n'avaient pas la même indulgence vis-à-vis de ses relations universitaires, alors pour éviter les désagréments ni les uns ni les autres ne furent conviés. Ma mère trouva le moyen de me faire venir sur son lieu de travail et de partager un moment avec ses collègues. Tous se réjouissaient de m'accueillir à la rentrée. Dans quelques semaines nous partions pour la capitale française. À nous Paris !

Finalement je trouvais la vie assez belle, en tout cas digne de la poursuivre.

20

Pour un réveil brutal, ce fut brutal. Nous fûmes sortis de notre sommeil, au petit matin, par des coups violents sur la porte de l'appartement et la sonnette qui déraillait ne sachant plus à quelle tonalité se vouer. Je n'ai rien compris. Une invasion. La porte de ma chambre s'ouvrit brutalement, deux hommes cagoulés investirent les lieux, m'intimèrent l'ordre de ne pas bouger, vérifièrent que j'étais le seul occupant. Ils braquaient une arme sur moi. J'étais mort de peur. J'avais les yeux rivés sur les canons des revolvers. J'étais effrayé par l'idée qu'un tir pouvait m'atteindre. Tirée d'aussi près, la balle ne pouvait que me transpercer et causer des dommages irréparables. Je fus pris de tremblements sans pouvoir me dominer. Ils finirent par écarter leurs armes, les remirent dans les étuis qu'ils portaient l'un à l'épaule, l'autre à la ceinture. Je percevais des bruits, des cris, ma mère qui hurlait : « Qui êtes-vous ? Que voulez-vous ? Laissez-le c'est notre fils, ne lui faîtes pas de mal, ce n'est qu'un enfant… ». Je me terrais au fond de mon lit tel un animal pourchassé. Ce fut sans doute rapide mais j'en ai gardé le souvenir d'un épisode interminable. Enfin ils laissèrent ma mère venir jusqu'à moi. Elle me serra contre elle ou plutôt je crois que c'est moi qui l'ai prise dans mes bras. Elle était défaite, épouvantée. Nous restâmes ainsi un bon moment, comme si nos deux corps enlacés nous protégeaient mutuellement. Nous tentions de nous calmer, de reprendre nos esprits, quand le vacarme reprit dans l'entrée, nous nous précipitâmes pour en comprendre l'origine. Pas moins de trois hommes, le visage camouflé, étaient sur le point d'emmener mon père qui avait passé quelques vêtements. Il se rebellait, voulait nous voir, nous parler avant de sortir. On ne lui permit pas. Il lança à notre intention quelques mots pour nous rassurer, nous dit que tout aller s'arranger très vite, que ce n'était qu'un malentendu, qu'il ne comprenait pas lui-même, qu'il n'avait rien fait et qu'il nous aimait… Nous fûmes reconduits dans ma chambre et un homme resta à nous surveiller. Ma mère n'avait revêtu qu'une nuisette et je voyais bien qu'il la lorgnait, le mouvement de ses yeux était accentué par le fait qu'on ne voyait qu'eux, le reste du visage dissimulé par la cagoule. Je demandai la permission d'aller chercher de quoi nous vêtir, moi-même je n'avais pour tout vêtement qu'un caleçon. Il hésita, finit par dire oui et m'accompagna jusqu'à la salle de bains.

Je revins et obligeai ma mère à enfiler un peignoir. Elle était en état de sidération, incapable d'initiative, de révolte, d'opposition.

Nous ne savions même pas qui étaient ces hommes, en civil, avec juste un brassard fixé au bras. Nous ne pouvions pas même identifier la signification des initiales qui y étaient inscrites et qui étaient censées nous apporter des éclaircissements.

Quatre d'entre eux étaient demeurés avec nous pour une garde qui ne nécessitait pas un effectif aussi conséquent. En fait l'un d'eux nous surveillait tandis que les autres continuaient de fouiller les lieux dans les moindres recoins, soulevant les tapis, décrochant les cadres, à la recherche de quoi, nous l'ignorions, mais ils ne laissaient rien au hasard. Nous étions là, inertes, sans autre choix que de les laisser remplir leur sinistre mission.

L'un des policiers fit signer à ma mère un listing des documents saisis. Elle s'exécuta sans autre forme de réaction. Avait-elle le choix ? La porte se referma nous laissant comme deux orphelins, Béni nous avait été enlevé.

La soutenant par le bras, elle ne voulait pas me lâcher, j'entrepris de faire le tour de l'appartement pour en constater l'état. Les meubles, les placards, les tiroirs avaient été vidés de leur contenu et le tout répandu au sol. Je n'avais jamais connu la guerre, fort heureusement, mais j'avais vu quelques scènes sur les écrans et ce fut la référence qui me vint à l'esprit. Notre appartement n'aurait pas été moins dévasté après son envahissement par quelques hordes d'ennemis.

Nous étions là, debout, le regard vide, incapables de réactions.

Il fallut un long moment pour que ma mère récupère ses facultés, puise dans son énergie vitale pour sortir de ce cauchemar et passer à l'offensive. Ces premiers mots furent : « Il faut s'occuper de Béni ».

J'étais bien d'accord avec elle.

Elle téléphona à un ami, décrivit la situation. Il lui communiqua les coordonnées d'un avocat en qui il avait toute confiance. Elle l'appela aussitôt. Maître Belluchi dit qu'il s'agissait vraisemblablement d'une opération de police, que les visages étaient masqués pour préserver l'identité des intervenants et les protéger de représailles, qu'il allait se renseigner, se mettre en quête du point de chute de Béni et nous tenir au courant.

ᜊ

Aucun voisin ne vint s'enquérir de notre situation. Certes la sonnette avait rendu l'âme mais en d'autres temps le visiteur aurait trouvé le moyen de nous faire savoir qu'il était devant notre porte. Je me préparai des sandwichs, ma mère étant incapable d'ingurgiter quelque chose. J'allumai la télé, je n'eus pas à chercher les informations, on ne parlait que de cela : une vague d'arrestations à Palerme et dans toute la Sicile, une de ces nombreuses opérations « mains propres » dont notre pays était coutumier.

« Béni n'a rien à voir avec ça, il va rentrer, ils vont le libérer… c'est une erreur… » Ma mère répétait en boucle cette antienne.

J'éteignis très vite le poste, les journalistes s'excitaient, rediffusaient les mêmes interviews, les mêmes reportages, les juges et la police n'étant pas pressés de rendre compte des résultats de leurs premières investigations. Rien pour nous rassurer, juste de quoi nourrir notre anxiété.

Nous tournions en rond ne sachant quelle action entreprendre, réduits à une attente éprouvante pour les nerfs. Pour calmer notre tension je proposai de remettre de l'ordre dans l'appartement et d'effacer le passage des policiers.

Ce n'est qu'en fin de journée, fort tard que le téléphone sonna. L'avocat avait fini par retrouver la trace de Béni. Il allait être interrogé, probablement disculpé et libéré.

Nous éprouvâmes une sorte de soulagement.

Ma mère me rassura : « Béni n'est pas un voyou, il a des défauts. Qui n'en a pas ? Il ne fréquenterait pas des gens de ce milieu. Finissons de tout remettre en ordre Aflio, que Béni trouve tout comme s'il ne s'était rien passé… »

Après ce moment d'abattement elle avait retrouvé un peu d'espoir et l'énergie pour se battre. Béni allait revenir auprès des siens, dans son foyer.

Nous passâmes la nuit à l'attendre, ainsi que les jours qui suivirent. Le black-out était total et l'avocat n'obtenait pas beaucoup d'informations. Il ne pouvait que préserver les droits de Béni, qui était à l'évidence une victime collatérale.

Les noms des personnes appréhendées n'étaient pas jetés en pâture aux médias, sauf ceux de hauts responsables et ma mère espérait encore que je serais épargné et que la famille romaine ignorerait tout de cet épisode malencontreux.

Ma mère s'était enfermée dans le silence, ne dormait pas, ne mangeait pas, elle m'inquiétait. Elle appelait sans arrêt l'avocat. Il expliquait que cela aller prendre du temps, que c'était compliqué, que les juges démêlaient l'écheveau, que d'une certaine façon il fallait s'en réjouir, ils s'appliquaient, ne laissaient rien au hasard, se gardant bien de conclure trop vite, que pour l'instant Béni ne faisait l'objet d'aucun délit, que la garde à vue dans ce type d'arrestation connaissait des prolongements exceptionnels. S'armer de patience, c'était le seul conseil délivré, pour le reste il nous assurait qu'il n'abandonnerait pas Béni.

C'était un discours raisonnable, qu'on accepte quand on n'est pas directement concerné mais Béni nous manquait, nous aurions aimé le voir, lui apporter quelques affaires, des vêtements, de quoi se nourrir correctement, du réconfort, lui faire savoir qu'on lui conservait toute notre confiance, qu'on l'aimait, qu'on souffrait pour lui, qu'on… Tout ceci était impossible, aucun contact, aucune visite, aucune nouvelle…

Ma mère refusait de répondre aux rares coups de fil qui arrivaient, elle avait éconduit quelques journalistes en quête de réactions et du coup s'inquiétait dès que la sonnerie retentissait. Je pris le relais et répondis presque invariablement qu'elle était sortie. Les amis, nous les comptions à peine sur les doigts d'une main, oui c'est peu, mais c'est la réalité dans les coups durs. J'appris cela.

Notre quotidien se résumait à l'attente. Un supplice sans aucun répit. Les spéculations les plus sinistres envahissaient nos esprits. Tantôt ma mère, tantôt moi-même, nous nous épaulions, cherchant des motifs d'espoir. Il n'y avait rien à attendre des journalistes qui commentaient d'autant plus abondamment qu'ils n'avaient aucune information fiable ou nouvelle sur laquelle s'appuyer.

La télé, les journaux nous étaient d'aucun secours. Nos amis, les plus fidèles s'attachaient à nous rassurer raisonnablement, sans sombrer dans la démagogie. La justice ne pouvait que nous rendre Beb, sans retenir de charges. Nous devions tenir, admettre que le calendrier des juges n'était pas le nôtre. L'attente, la patience, la confiance, ces mots devenaient obsessionnels.

Un jour ma mère consentit à sortir pour prendre l'air et je proposai que nous nous éloignions du quartier pour qu'on nous fiche la paix. Elle accepta. À peine étions-nous arrivés à quelque distance de notre immeuble qu'une voiture se gara non loin et qu'un passager en descendit et vint à notre rencontre. Il nous salua et s'adressa à ma mère. Il lui demanda de rejoindre le véhicule, à l'intérieur une personne voulait s'entretenir avec elle en toute discrétion. Elle se montra méfiante, refusa dans un premier temps, puis se laissa convaincre après qu'il eut précisé que l'interlocuteur souhaitait parler de Beb. Elle me demanda de ne pas bouger, de l'attendre là. J'observai la scène, inquiet pour elle. Elle refusa de monter dans la voiture et s'entretint par la vitre arrière qui fut abaissée. Cela ne dura pas longtemps, elle revint vers moi et proposa de changer notre destination de promenade. Je la trouvai préoccupée et m'enquis de ce qui s'était passé…

« Plus tard, Aflio, allons jusque chez le professeur Salvatore, j'ai besoin de ses conseils. »

C'était un de ses chers amis, professeur émérite, atteint de cécité. Elle effectuait pour lui quelques travaux de rédaction et s'occupait de ses publications.

À proximité de son domicile, elle me conseilla de l'attendre à la terrasse d'un glacier.

Deux heures plus tard elle me retrouva, refusa de s'installer en ma compagnie, prétexta un rendez-vous urgent chez nous et nous prîmes le chemin du retour.

À l'entrée de l'immeuble Francesca et Dino, un couple d'enseignants de la fac nous attendaient avec deux valises très volumineuses. Ils étaient venus nous saluer avant leur départ en voyage. Nous marquâmes notre surprise, moi elle était sincère, pour ma mère plutôt feinte, mais je le compris un peu plus tard. Nous les fîmes entrer. Elle me mit au parfum de manière très succincte…

— Aflio, nous ne pouvons rester ici. Nous allons partir pour Rome dès demain matin, par le premier vol. Francesca et Dino ont apporté deux valises pour que nous y entassions nos vêtements et l'essentiel, ils viendront dans quelques jours prendre les malles de voyage dans lesquelles tu pourras sélectionner quelques souvenirs… des livres et des papiers. Ils vont se charger de nous les faire suivre. Eux seuls, le professeur Salvatore et l'avocat Maître Belluchi connaissent notre nouvelle adresse à Rome. Ce n'est pas une fuite mais je dois te protéger, je t'expliquerai plus tard…

— Mais Béni, Maman, il vient avec nous…

— Impossible, mais nous ne l'abandonnons pas, Maître Belluchi veille sur lui, je reviendrai dès qu'il sera possible de lui rendre visite.

— Mais pourquoi, je ne comprends pas…

— Aflio, fais confiance à ta mère, elle n'a pas le choix, elle ne cherche qu'à te protéger…

C'était Dino qui avait mis fin à mes questions.

— Ne perds pas de temps, trie tes affaires et arrange-toi pour que cela tienne dans une valise et le reste dans la malle. Tu n'emporteras dans ton sac à dos que des affaires de toilette et de quoi te changer pour deux, trois jours, le temps que les bagages arrivent à destination. Tu peux prendre ton sac de sport également. Nous ne devons pas attirer l'attention demain matin, partir comme si nous sortions pour la journée. Allez Aflio, cesse de poser des questions, active-toi, Francesca et Dino attendent pour repartir avec les valises remplies…

⌇

Ma mère trouvait l'énergie pour se battre mais elle le vivait très mal. Elle se feutrait. Le choix était cornélien. Je l'avais entendue glorifier le courage des commerçants refusant de payer leur obole à la mafia et osant afficher l'autocollant « *NO PIZZO* » (pas de racket). Elle ne pouvait concevoir que son mari ait quelque attache avec des réseaux aux pratiques si peu conformes à ses principes.

Elle avait pris sur elle. Du domicile du professeur Salvatore, elle avait téléphoné longuement à sa famille romaine, perdant la face, contrainte d'avaler sa fierté, ses certitudes. Il lui en coûtait beaucoup mais elle le faisait essentiellement pour moi, pour me protéger.

21

À l'arrivée à Rome, mon grand-père ne prit pas même la peine de venir nous accueillir, ni à l'aéroport ni au bas de l'immeuble dans lequel la famille résidait. Il laissa un message chez la concierge avec une adresse, celle d'un appartement, qui appartenait à la famille, dans lequel nous pourrions nous installer dans le délai de deux jours, en attendant il nous recommandait un hôtel, à proximité. Il y a plus bienveillant comme accueil pour une fille déconfite et son fils.

Qu'avait-elle fait de si grave ? Aimer d'amour un homme, sans préjugés, sans en attendre de contreparties, juste l'aimer et croire que l'amour pouvait soulever des montagnes, aplanir toutes les contingences du quotidien, quand d'autres se laissent envahir par les petites choses de la vie pour s'éloigner insensiblement de l'essentiel : aimer. Elle, elle avait pris le contre-pied… Il y avait chez Sophia un peu du panache et de la naïveté de Don Quichotte. D'ailleurs elle aimait cette chanson, « La Quête » … « Aimer jusqu'à la déchirure, aimer même trop, même mal, tenter, sans force et sans armure, d'atteindre l'inaccessible étoile… ». À un certain moment nous l'entendions en boucle et elle la chantait en duo avec Jacques Brel. Parfois c'était dans la poésie d'Aragon qu'elle puisait : « Aimer à perdre la raison… » et Ferrat s'invitait chez nous.

〜〜〜

Sa famille ne lui pardonnerait jamais ses choix et les conséquences présentes. L'arrestation d'un gendre et la perspective d'un procès étaient une humiliation insurmontable pour eux.

Cela confirmait ce qu'ils avaient toujours pensé de lui, un beau gosse, beau parleur, plein d'ambition, qui venait d'un milieu qui leur était étranger. Ils préjugeaient qu'ils n'avaient rien en commun, que Béni et sa famille ne partageaient pas leurs valeurs, qu'ils étaient hors des normes et convenances de la bonne société. Ce mariage était une mésalliance.

Ma mère ne broncha pas, ne faiblit pas, ne s'abaissa pas à demander plus. Nous nous en sortirions, tous les trois ou tous les deux, quoi qu'il faille endurer. Elle donnerait sa vie s'il le fallait. « Nous ne sommes pas à la rue, voyons le bon côté, soupira-t-elle. Allez, Aflio ! Haut les cœurs ! »

Nous passâmes deux nuits, non pas à l'hôtel mais chez un couple d'universitaires avec lequel elle avait entretenu des échanges épistolaires, des relations anciennes nées d'études communes. Pas question de la laisser tomber alors qu'elle était démunie et en plein désarroi. C'est chez eux qu'elle avait fait livrer nos cantines et nos valises. Notre patrimoine. Notre trésor de souvenirs. Un pactole bien maigre.

Ses amis nous accompagnèrent jusqu'à notre nouvel appartement, meublé par des antiquités familiales, deux pièces, une salle de bains, une entrée, une cuisine et un petit cellier, dans la via Boezio, pas très loin du Vatican.

Ma mère s'en montra satisfaite. Les charges seraient réduites, nous ne paierions à la famille que les consommables. Belle générosité !

La concierge nous accueillit chaleureusement. Elle était psychologue, pas besoin de lui brosser un tableau, elle comprit tout de suite que nous étions dans la difficulté. Elle ne posa pas de questions, se montra serviable, et fit tout pour rendre notre installation presqu'agréable.

C'est la grande richesse de ceux qui ont connu la galère dans leur vie à un moment où un autre. Ils reconnaissent leurs congénères, compatissent et apportent spontanément leur entraide, dans la sobriété et la discrétion.

〜〜

Au tout début, ma mère réagit avec énergie et force aux événements, puis au fur et à mesure que le temps passa, que les rumeurs se répandirent, que quelques informations nous parvinrent, elle devint de plus en plus fermée. Elle n'avait aucun contact avec mon père, isolé dans sa cellule, seul l'avocat lui rendait visite et obtenait quelques informations, mais très partielles, très *softs*, très édulcorées, très… Il n'y avait aucune perspective de sortie, de disculpation, les lois avaient été adaptées pour élargir le champ d'investigations et l'association de malfaiteurs permettait de mettre en cause des personnes peu impliquées mais qui avaient néanmoins des liens, même ténus, avec l'organisation. Le rôle de mon père était dérisoire, un contact, une courroie de transmission entre les décideurs et les exécutants, en l'occurrence les syndicats qui ne mettaient en action les équipes de nettoyage de la ville que si les grands patrons en avaient donné le feu vert et sur le seul territoire déterminé par eux. Pour le reste mon père ne connaissait rien des tenants et aboutissants des négociations, des marchés publics, des dessous-de-table, des conditions d'exécution des contrats, mais voilà lui, il était un maillon. Il s'était laissé entraîner par son désir de s'en sortir, de gagner sa vie un peu mieux que ce à quoi son statut social le prédestiné.

Pour nous il avait mis le doigt dans l'engrenage pensant qu'il pourrait le retirer à tout moment ou ignorant le piège dans lequel il s'était fourré. Voilà il en était prisonnier.

Il payerait, il n'y avait aucune autre alternative et faisait tout son possible pour ne plus nous nuire, d'où son silence et son refus de contact qui lui étaient imposés et qu'il s'imposait. Son avocat était la seule personne qui nous reliait à lui.

⌇

Bien vite je compris que je devais nous prendre en charge, ma mère n'assurait plus. Elle sombrait dans la dépression. Les médecins voulaient la faire hospitaliser mais elle refusait et moi-même j'hésitais sur la conduite à tenir pour l'aider de mon mieux.

Nous n'arrivions plus à vivre avec ses modestes revenus, et nos économies fondaient comme la glace au soleil, elle ne pouvait plus travailler. Elle m'avait inscrit à la fac, mais j'avais du mal à suivre mes cours, il me fallait aller au plus urgent.

22

Je trouvai un petit boulot grâce à Zita, notre concierge, enfin concierge en ce sens qu'elle savait tout de nos habitudes, de nos relations, de notre environnement. Elle connaissait, au-delà du quartier, autant le gratin que le populo et bien mieux qu'un sociologue. Elle était logée gratuitement pour s'occuper de l'immeuble mais se refusait à faire le moindre ménage, à monter le courrier ou toute autre prestation et s'offusquait qu'on la qualifia de concierge. Le faire c'était prendre de grands risques. C'était explosif avec chaque nouvel arrivant mal averti. Vous preniez directement un carton rouge. Elle vous tançait de la tête aux pieds, et vous envoyait une réplique dont elle avait le secret, tel un direct au foie qui vous mettait à terre. Il valait mieux battre en retraite, laissez passer l'orage et revenir dans une tout autre disposition d'esprit. Sa manière de fonctionner était simple. Elle décidait unilatéralement de ce qu'elle prenait en charge ou pas, si bien qu'il valait mieux la sonder avant de formuler une demande. Aucun document de référence sur lequel s'appuyer, c'était selon son bon vouloir. Elle était cependant très serviable, elle pouvait rendre moult services mais à la condition expresse qu'elle en ait décidé seule. Elle passait des compromis avec les occupants de l'immeuble, sur un mode donnant-donnant, comme elle aimait les qualifier. Je te rends tel service et tu sors les poubelles à ma place, ou tu fais le ménage de l'escalier, ou tu me passes la serpillière dans le hall. Elle détestait le ménage, trouvait ça humiliant compte tenu de son passé, une déchéance insupportable et comme nous l'aimions bien, nous nous substituions à elle. Personne ne pouvait se passer de Zita.

Il y avait bien un nouvel arrivant qui avait mis en cause cette organisation, mais isolé dans son approche, il avait fini par quitter les lieux. Tenir tête à Zita, c'était un combat perdu d'avance et franchement inutile.

Zita avait été une belle femme. Elle avait sans aucun doute attiré bien des regards d'hommes, fait vibrer des cœurs. Son visage n'avait pas échappé à la marque des ans mais elle s'en tirait bien. Elle avait conservé un profil d'athlète de haut niveau. Des jambes exceptionnellement longues et fines qui se remarquaient. Elle avait été danseuse dans un cabaret en France, à Paris, « Les Folies Bergères », d'une assez grande réputation pour ceux qui connaissent un peu. Elle se maintenait en forme en faisant des exercices, chaque jour, dans le hall, durant vingt minutes, à heure fixe, sur une musique rythmée, en invitant les volontaires à se joindre à elle. Il y avait un couple de retraités qui ne manquait aucun rendez-vous. Parfois deux ou trois enfants qui n'avaient pas classe et se réjouissaient de cette activité inattendue. Personne n'avait songé à protester contre ce détournement de l'usage du hall en salle de gym temporaire. Après tout, pourquoi pas ? Cela mettait un peu de gaieté dans une journée qui n'offrait aucune garantie d'y trouver un moment d'allégresse et de convivialité.

De cette carrière d'artiste elle avait gardé une manière bien à elle de se maquiller, en se montrant généreuse, parfois jusqu'à l'excès, dans l'emploi des fonds de teint, des crayons et des rouges à lèvres, comme le réclame l'éloignement entre l'artiste et le spectateur dans une représentation, comme si son statut n'avait pas changé et qu'elle était toujours en scène.

Elle avait connu des heures de gloire, puis quelques galères et elle était retournée au pays pour finir dans des cabarets de seconde zone et dernière déchéance la loge de notre immeuble, dont elle s'était empressée de retirer la plaque. Elle avait prétexté que le texte qui y figurait était d'un autre âge, scandaleux, inacceptable et il l'était assurément. Il faut dire qu'au-dessous de l'inscription « loge de la concierge » on avait indiqué, « accès de l'immeuble interdit aux chiens et aux enfants ». Tout un programme !

〜〜〜

Un jour, un pédant, qui avait subi un refus et avait mûrement réfléchi à sa nouvelle approche, revint à la charge et la gratifia d'un « Madame Zita, notre charmante hôtesse de vie, sans vous comment pourrions-nous nous en sortir ». Cela pouvait provoquer un drame, par chance elle était dans de bonnes dispositions, se trouva flattée, apprécia et accepta la qualification au point de faire réaliser un panonceau qu'elle fixa sur sa porte officialisant son titre :

ZITA
Hôtesse de Vie

Nous prîmes tous l'habitude de la dénommer ainsi.

〰

Elle me racontait des épisodes de sa vie, les meilleurs comme les plus pénibles, pour me remonter le moral, disait-elle. Je n'étais pas certain de l'efficacité. Elle avait une philosophie qui se résumait à une phrase réversible en quelque sorte qu'elle adaptait aux situations : « quand tu as connu le meilleur, méfie-toi, le pire finira par t'arriver, c'est une question de temps, et à l'inverse pour ceux qui avaient commencé par le pire, le meilleur finira par arriver, question de temps ».

Elle n'avait probablement pas lu Nietzsche, mais elle n'était pas si éloignée de sa pensée, le malheur est nécessaire, indispensable au bonheur, l'un ne va pas sans l'autre. Ouais c'est bien un truc d'intellectuel. Quand on est dans la galère, c'est sûr, ça aide, ça invite à zieuter vers l'horizon.

〰

Zita me prit sous sa coupe. « Tu peux compter sur Zita, petit », me dit-elle à plusieurs reprises quand je dus faire face à des difficultés auxquelles je n'étais nullement préparé. Le fait de partager quelques phrases en français nous avait rapprochés. Cela lui rappelait de bons souvenirs et tout de suite elle nous eut, ma mère et moi, à la bonne.

Zita s'occupa de notre survie. Elle me trouva un premier boulot. Elle organisa mon planning car les tâches s'accumulèrent bientôt, ce n'était pas en promenant le chien de la dame du pâté de maisons voisines, matin et soir, une demi-heure, que j'allais gagner de quoi manger et payer les charges familiales. Pas d'informatique chez elle, je trouvai une ardoise et traçai un tableau qu'elle se chargea de compléter indiquant dans les cases les horaires, les tâches, les lieux pour la journée.

En plus du chien, elle compléta par deux autres canins, pas forcément heureux de partager la même sortie, mais dit-elle à ce prix il ne faut pas faire les difficiles. Elle s'adressait aux chiens comme à des personnes. On ne savait plus très bien qui étaient les maîtres qui les animaux. Elle veillait à mes intérêts. « En regroupant tu vas gagner du temps et en cumulant les activités tu vas t'en sortir. »

En plus des promenades des animaux, elle négocia deux ou trois prestations par semaine, auprès d'une ancienne connaissance, veuve, à l'abri des besoins d'argent, pour l'assister dans ses déplacements. « Une personne de confiance et de bonne présentation, j'ai ça en magasin », avait répondu Zita en soutenant ma candidature sans même me consulter. Ma mission était simple, je devais juste la rejoindre chez elle, à l'heure dite, l'accompagner, l'attendre et la reconduire à son domicile. Rien que du temps agréablement passé. Un jour, le motif de notre sortie était un repas dans un restaurant où elle rejoignait une amie, un autre un salon de thé, parfois des boutiques pour du shopping et presque chaque semaine elle allait au cinéma. Elle ne se sentait pas en sécurité seule dans la rue et craignait qu'on s'en prenne à elle, à son sac, ses bijoux, bref c'était plutôt d'un garde du corps dont elle avait besoin et Zita avait un peu forcé sur la description qu'elle avait faite de moi, de ma corpulence et de ma maîtrise des arts martiaux. Au lieu d'un agent de sécurité, c'est un gringalet qui sonna à son domicile, via el Corso, avec sur ses pas Zita venue me présenter. « Aflio, tu ne sais pas te vendre, disait-elle, laisse-moi faire », et j'apprenais en sa compagnie. « Aflio est un bon garçon, qui a reçu une bonne éducation, d'une bonne famille romaine, il y a même un Cardinal en son sein, vous verrez il sera bien plus qu'un homme chargé de veiller sur votre sécurité, il deviendra vite un homme de compagnie dont vous ne saurez plus vous passer. Il est étudiant, il pourra vous faire la conversation, il est loin d'être idiot, conclut-elle en partant dans un grand rire qui détendit l'atmosphère. »

J'étais propre comme un sou neuf, comme disait ma mère, cheveux coiffés, costume, chemise blanche et chaussures aussi brillantes qu'un parquet ciré. « Les chaussures, c'est essentiel Aflio, me répétait ma mère depuis ma tendre enfance. En examinant l'entretien de tes chaussures on se fait une idée de toi, de ta tenue physique et mentale, n'oublie jamais ça Aflio. Combien d'hommes par ailleurs présentables, au physique agréable, perdent toutes leurs chances auprès d'une femme en raison de chaussures qui laissent à désirer et n'ont plus qu'un lointain souvenir de l'odeur du cirage, ajoutait-elle ? »

J'aimais la titiller et la provoquer.

« Beb, as-tu regardé ses pompes avant de te décider à partir avec lui ? »

« Aflio comment parles-tu ? Des chaussures, pas des pompes. J'observe que non seulement tu maîtrises bien la langue française, mais maintenant tu y ajoutes l'argot, je ne sais pas si je dois t'en féliciter. Oui je reconnais qu'il était bien impossible d'échapper à son regard mais j'ai aussi observé ses chaussures et elles étaient propres. Tu connais ton père, plus tard il m'a avoué : « j'ai eu du pot, elles étaient neuves sinon j'étais récusé ». Plus tard, ajouta-t-elle, il s'est pris au jeu, et même quand il rentrait tard le soir, au lieu d'aller se coucher comme tout un chacun, il prenait le temps de passer méticuleusement du cirage sur ses chaussures, pour que celui-ci pénètre bien le cuir, le nourrisse et le matin il les lustrait jusqu'à ce qu'elles luisent et reflètent la lumière. »

J'ai adopté ses tics et même si je suis moins maniaque que lui, je vérifie leur état avant de sortir. J'avais évité les baskets sur les conseils de Zita. Son amie était attachée aux bonnes manières et pas encore convaincue que porter des tennis, même avec un smoking, était du meilleur genre. Donc mes chaussures de ville pouvaient attirer l'œil de ma future patronne, elles étaient rutilantes.

〜〜〜

Je passai donc mon entretien de recrutement et fus embauché sur-le-champ. Je venais la chercher à l'heure qu'elle avait fixée et je l'accompagnais à son rendez-vous. Nous prenions des taxis pour nous déplacer mais quand nous eûmes un peu mieux fait connaissance, que la confiance se fut établie, elle me proposa de conduire de temps en temps une voiture de son défunt mari. Je n'avais pas mon permis de conduire. Elle suggéra de m'inscrire à un cours de conduite, elle en assumerait le coût. « Les taxis, c'est parfait, ajouta-t-elle, mais me déplacer dans une des voitures de mon époux, cela ravivera des moments heureux, il aimait beaucoup conduire. Si vous voulez voir sa collection, demandez au concierge de vous mener jusqu'au sous-sol, elles sont là dans le garage, je les ai conservées, il y en a cinq ou six, je ne sais plus, Jaguar, Porsche, Alfa, un coupé Mercedes avec lequel nous avons traversé l'Europe, et même une petite Smart, son dernier jouet qu'il aimait prendre pour sillonner dans Rome. Nous choisirons au jour le jour, selon nos humeurs et nos projets de sortie. Le concierge se charge de faire tourner les moteurs régulièrement et astique les carrosseries chaque semaine, il suffira de l'informer et il la préparera pour nos promenades. »

Conduire une voiture de riche et prendre le risque de la cabosser en ne maîtrisant pas l'envergure n'était pas pour m'emballer. Bon mais nous n'en étions pas encore là, il fallait d'abord que j'obtienne mon permis, que je trouve le temps de suivre les cours. La seule évocation d'une perspective d'escapade automobile dans Rome illumina son visage, jusqu'alors plutôt figé, d'un sourire qui me bouleversa. Je n'osai lui dire non.

Je n'étais pas mécontent de travailler pour Madame Cristobal-Popoulos, son défunt mari était un riche marchand grec, qui lui avait laissé des avoirs largement suffisants pour lui assurer une fin d'existence sans souci financier. Mais l'argent ne peut pas tout, il lui fallait affronter la solitude et se donner des raisons de combler le vide affectif de chaque journée. Elle me payait bien, même les longs temps d'attente. J'en profitais pour revoir mes cours car de plus en plus je désertais la fac. Mes études passaient au second plan mais avais-je le choix ? Parfois quand elle allait au cinéma elle me demandait si le film qu'elle avait choisi m'intéressait. Si c'était le cas elle proposait de payer ma place et de l'accompagner dans la salle. Sinon je patientais dans le hall. Il arriva qu'au restaurant elle m'invitât également, pour ne pas déjeuner seule quand son invitée lui faisait défaut. Toujours elle se préoccupait de mon repas, me faisant servir à une table pas trop éloignée de la sienne, me délivrant des conseils sur mon alimentation, veillant à ce que les pizzas et autres produits de la restauration rapide ne soient pas mon quotidien. « Il faut manger sain », me répétait-elle.

Ce second boulot, en plus des promenades des toutous, me convenait bien, la compagnie de Madame Cristobal-Popoulos était agréable, mais loin d'un temps complet et des revenus qui vont avec.

Zita fut sans répit et s'occupa activement de me trouver d'autres occupations pour remplir mes soirées.

Un soir elle fut alertée, il manquait un agent pour contrôler les entrées dans un théâtre, le directeur était aux abois, avait-elle sous la main quelqu'un pour dépanner dans la minute ?

Alors que j'assurais la dernière sortie des animaux avant la nuit, je vis Zita venir à ma rencontre : « Je me charge de reconduire les toutous, il faut que tu ailles vite au théâtre, voici l'adresse, il manque quelqu'un c'est peut-être une chance pour toi, tu as intérêt à foncer, c'est déjà l'heure de la représentation, le public s'impatiente devant l'entrée. »

Je devais contrôler les billets à l'entrée d'un ancien cabaret, où elle avait dansé autrefois, et qui avait été réaménagé en théâtre. Elle avait conservé des contacts avec le propriétaire qui louait à une compagnie rattachée à l'université. L'été, pendant les vacances, le théâtre changeait d'affectation et était occupé par un producteur qui avait des attaches avec les tours-opérateurs et remplissait le lieu avec les touristes en mal d'une soirée typique de Bel Canto.

<div align="center">~~~</div>

J'avais fait l'affaire au pied levé, il faut dire que retirer le talon d'un billet ne demandait pas non plus d'avoir fait des études supérieures quoiqu'il faille vérifier la date, l'heure de la séance et orienter le spectateur dans la bonne direction : parterre, balcon, côté cour ou côté jardin. Je fus initié en quelques minutes par une étudiante ouvreuse qui me prêta main-forte et nous vînmes à bout de la gestion de la cohorte des spectateurs.

Je dus rester jusqu'à la fin de la représentation, le producteur était lui-même sur scène et si je voulais recevoir mon salaire, il me fallait attendre qu'il eût achevé sa prestation de comédien. On jouait « Fin de partie », d'un auteur dont je n'avais jamais entendu le nom, un certain Samuel Beckett, pièce jouée me dit-on dans le monde entier, c'était insister encore un peu plus sur la profondeur de mon ignorance.

⌇

Pour ce que j'en vis cela me laissa perplexe, mais je n'étais pas non plus dans de bonnes dispositions réceptives et j'avais manqué le début. Mon approche du théâtre se limitait à des propos entendus dans des cercles, de la bouche de spectateurs assidus, et qui tenait à ces recommandations : ne jamais manquer le début car c'est peut-être dans les premières répliques que se cache l'intention de l'auteur, pas plus qu'il ne faut partir avant la fin, quel qu'en soit le prix à payer, car c'est peut-être dans l'épilogue, voire la dernière réplique, que tout le texte prend son sens.

Après quelques mois de présence j'aurais pu compléter par ce commentaire personnel, basé sur mon observation : oui mais parfois c'est au-dessus des forces du spectateur de rester jusqu'à la fin, ceux qui en font l'effort ne sont pas toujours récompensés et ils le payent d'endormissements successifs légers dans le meilleur des cas, pro-fonds parfois jusqu'à produire un ronflement qui entre en concurrence avec le jeu des acteurs et s'avère du plus mauvais effet en les désignant à la vindicte populaire. Je n'en ai jamais été témoin, mais il doit bien y avoir des exemples d'acteurs s'interrompant, interpellant le dormeur et s'insur-geant contre cette concurrence déloyale : détour-ner les spectateurs de la scène vers la salle, à son profit, c'est faire preuve d'une belle audace ! Je n'ose dire d'un talent certain.

∿

Le producteur-administrateur-comédien me remercia de l'avoir sorti de cette panade et me proposa de venir chaque soir de représentation, le poste étant déclaré vacant. Je devais arriver quarante-cinq minutes avant l'ouverture des portes, assurer le contrôle et rester jusqu'à la sortie pour m'assurer du confort des spectateurs et veiller à l'observation des règles de sécurité. Cela dit en passant, personne ne me briefa sur ce point… Il me présenta l'affaire sous un bon jour, je profiterai en bonus de la représentation gratuitement, c'était bien le moins qu'il puisse faire. À l'idée de revoir « Fin de partie », tous les soirs, j'avais une certaine hésitation, mais me précisa-t-il, pour les deux représentations à venir, exceptionnellement, la troupe reprendra une pièce de Ionesco, la création suivante n'étant pas encore au point. « Nous sommes dans un cycle consacré à Beckett, cet immense auteur, conclut-il. » Ionesco est un grand classique, repris régulièrement par la troupe en alternance avec les créations. Outre le fait de voir mes finances s'améliorer encore un peu, ce qui était l'essentiel de ma motivation, je me dis que Ionesco que je ne connaissais pas plus que Beckett, était peut-être plus attrayant, j'avais besoin de me sortir d'une ambiance familiale morose et un peu de gaieté, ne m'aurait pas déplu. J'étais prêt à tenter l'expérience. Va pour Ionesco !

23

Gérer mes déplacements devenait de plus en plus compliqué. Les séquences du matin, de la journée, de la soirée, de la nuit m'obligeaient à jongler entre les bus, le métro, tout cela était chronophage, je ne m'en sortais pas. Zita aménagea les horaires, après une négociation qu'elle mena auprès des propriétaires des chiens, plus tard le matin pour me permettre de dormir un peu, plus tôt le soir pour me permettre d'arriver à l'heure au théâtre et surtout elle eut l'idée de mes déplacements à vélo. « Économie, adaptabilité et réduction des temps de trajets », m'expliqua-t-elle. Des arguments percutants.

— Très bien, mais je n'ai pas de vélo, répliquais-je.

—J'en ai un, abandonné par un ancien locataire, et entreposé dans le local poubelle. Il est à toi et tu pourras continuer de le ranger là en toute discrétion, car si les autres l'apprennent ils vont vouloir y accéder également et mon local poubelle n'est pas un garage à vélo.

C'est ainsi que je me déplaçai dorénavant.

～

Dès le troisième soir je pris du galon. Mon avancement fut rapide. Le management du théâtre était rendu difficile par manque de moyens financiers et le personnel connaissait un *turn-over* important. Le souffleur fit défaut et on me proposa de le remplacer, après tout je ne devais intervenir qu'une fois le public installé et comme j'étais contraint d'attendre la fin de la représentation autant que je me rende utile pour la troupe. Souffleur je devins donc. Ne croyez pas que je sois tenu de me glisser dans un trou, devant et sous le proscenium tous les soirs et de respirer la poussière soulevée par les comédiens arpentant la scène, non le souffleur n'entre plus dans sa boîte qui a été désaffectée quand elle n'a pas été démontée. Il paraît qu'il y a eu des tentatives pour l'installer au premier rang, dans le public, mais cela agace les specta-teurs, semble-t-il et on comprend. La plupart du temps il demeure derrière le décor, c'est là que j'officie, allant de cour à jardin en fonction de la mise en scène, à l'abri des regards derrière les pendrillons. Le souffleur est un auxiliaire dont on fait le plus souvent l'économie. La troupe s'offrait ce luxe, enfin si je m'en réfère à mon indemnité c'est un tout petit, petit, petit luxe, en raison de l'alternance du répertoire. J'ai dû batailler pour obtenir un dédommagement supplémentaire, le producteur aurait bien considéré qu'après tout, que je regarde la pièce en étant passif ou que je le fasse texte en mains à suivre les répliques et prêt à intervenir en cas d'amnésie temporaire du comédien, c'était à peu près la même chose. Je n'étais pas en position de force mais néanmoins j'obtins satisfaction, je serai rétribué à hauteur du précédent qui ne devait pas en être totalement satisfait puisqu'il avait fait défaut. Je fus dispensé d'apporter mon soutien lors des deux représentations de Ionesco, les acteurs avaient une bonne maîtrise de ce classique qu'ils reprenaient régulièrement entre deux créations. J'en profitai pour découvrir « La Cantatrice chauve ». Même après deux représentations le titre demeura un mystère, sentiment largement partagé par les spectateurs depuis la création, me confia-t-on. Sur le sens du texte, je n'osai questionner les comédiens et gardai pour moi mes interrogations, n'étant pas assez familier avec le théâtre. J'attendais pour me prononcer définitivement sur Ionesco, il me fallait une pratique plus intensive mais ma première attente, qu'il m'apporte un peu de réconfort et me montre la vie sous un jour plus allègre, fut un peu altérée.

La troupe reprit « Fin de partie », et j'avais à peine la maîtrise du texte que nous changeâmes de programmation pour présenter « En attendant Godot ». Je n'assistai pas aux répétitions, je n'étais pas disponible et l'engagement du paiement de ma participation était trop vague. Je fis acte de présence pour découvrir la pièce et la mise en scène pour prévoir mes déplacements dans la coulisse, lors de la couturière, cette représentation qui précède la générale et décide de la suite selon l'enthousiasme des invités. J'étais très sollicité, les acteurs n'ayant pas encore bien en bouche leur texte. Ils étaient nerveux, l'un trouvait que je ne soufflais pas assez fort, l'autre que je mettais un temps trop long à répondre, cassant le rythme, bref ils ne me trouvaient pas assez professionnel.

La petite ouvreuse que j'avais remarquée et qui m'avait aidé le premier soir me rassura. « C'est tout le temps pareil, ne t'inquiète pas, ils râlent en permanence, c'est ce qui a conduit ton prédécesseur à quitter brutalement la représentation, mais ils n'ont qu'à s'en prendre à eux-mêmes, ils n'ont pas travaillé suffisamment et la mémoire leur fait défaut. »

Le soir de la générale, j'étais dans un état d'anxiété comme si j'avais dû assumer le premier rôle. Zita en profita pour me raconter comment elle surmontait son propre tract quand elle débutait une nouvelle chorégraphie.

Le public était ciblé : universitaires, étudiants, intellectuels, les bobos romains… La programmation s'affichait culturelle, la mise en scène avant-gardiste. Les spectateurs furent partagés, mais ils applaudirent néanmoins suffisamment pour rassurer la troupe et le metteur en scène pour leurs prestations. Les quelques erreurs furent vite oubliées. Ce succès d'estime ne demandait qu'à s'affirmer. Moi je manquais d'expérience et personne du reste ne me demanda mon avis.

〜〜〜

Quelques jours après ce lancement, un soir, le comédien qui tenait le rôle du « garçon » ne se présenta pas. Impossible de lever le rideau. On tenta mille fois de le joindre mais il ne donna aucun signe de vie. On était à deux doigts d'annuler et de devoir rembourser lorsqu'une idée surgit : « Et si nous demandions à Aflio de tenir le rôle, après tout il connaît le texte, il n'intervient que deux fois, à la fin du premier acte et à la fin du second et pourra assumer sa fonction de souffleur sans problème. » Je fus chouchouté, flatté. On était dans l'urgence, le public s'impatientait, il fallait décider. La pression monta d'un cran, on me promit un cachet calculé en fonction de mes répliques, au tarif syndical, les comédiens prenant ma défense, une annulation ne faisant pas leur affaire. On avait tout juste le temps de me maquiller, pour le costume un changement de chemise et un accessoire feraient l'affaire.

C'est ainsi qu'au pied levé, sans aucune répétition, je devins comédien. La troupe vint me chercher pour saluer avec elle. Ce n'était que justice. J'avais fait de mon mieux, dit les répliques avec un naturel qui m'avait surpris moi-même. Je connus la fierté de recevoir les applaudissements du public et ma foi j'avoue que c'est bien agréable. Le comédien défaillant fut invité à ne plus se présenter et je fus titularisé. Le premier soir j'étais encore sous le choc de mon audace, puis au fur et à mesure des représentations je pris de l'assurance et me mis à rêver, pourquoi ne pas embrasser une carrière ?

Célestine, l'ouvreuse, m'enviait. « Tu es chanceux, me dit-elle. Moi j'attends ça depuis longtemps mais les pièces au répertoire ne comportent que rarement un petit rôle de femme que je pourrais jouer. »

Je cumulais à ce stade plusieurs fonctions : promeneur de chiens, homme de compagnie, polyvalent dans un théâtre, occupant le poste de contrôleur de la billetterie, de souffleur, et de comédien. Qui dit mieux ?

Zita ne comptait pas en rester là. Elle se présentait désormais comme mon agent.

<p style="text-align:center">~~~</p>

J'étais très inquiet pour ma mère, sa santé se dégradait et, les quelques moments où je pouvais parler avec elle, je constatais qu'elle se montrait indifférente, qu'elle s'enfermait de plus en plus dans son monde. J'avais beau lui raconter mes journées, mes exploits, la rassurer sur mon avenir, le nôtre, elle avait perdu son sourire. Elle ne questionnait plus. La vie ne l'intéressait plus, pas même celle de son fils. Elle ne se levait que très rarement. Zita venait la voir plusieurs fois par jour, essayant de la stimuler, l'aidant à prendre sa douche, ce que je n'osais faire par pudeur. Elle lui faisait la conversation sans provoquer de retour. Même l'évocation de Paris ne parvenait pas à déclencher un sourire. Parfois, à force de patience, de détermination, elle arrivait à la décider à faire quelques pas dehors. J'étais souvent absent. Je n'avais pas le choix. Je culpabilisais à mort.

Je ne savais plus que faire, que penser, que dire. J'étais impuissant, inquiet, n'entrevoyant aucun avenir.

24

Nous faisions « relâche » deux soirs par semaine. Pour Zita, deux soirs pour me trouver une nouvelle occupation. Un de ses amis, un personnage comme seule Zita pouvait en connaître, avait deux cordes à son arc, par passion et par nécessité : la boxe et la danse. Il était entraîneur de boxe anglaise dans une salle qui changeait de destination selon les horaires. Après les cours de boxe, il démontait le ring, passait la cireuse sur le parquet, prenait une douche et abandonnait son survêtement pour un costume, chemise blanche et cravate, dissimulait sa calvitie plus que débutante par la fixation d'une moumoute très fournie et très frisottante, qui n'était pas sans me rappeler la tignasse du chanteur Balavoine, disparu tragiquement. Ma mère adorait cet artiste, cela explique que je connaisse sa tête et quelques-unes de ses chansons. La transformation était surprenante et celui qui le côtoyait dans son activité sportive avait du mal à imaginer qu'il s'agissait du même homme en danseur mondain. Le cours de danse de salon avait un certain succès. On aurait pu croire que la chose était démodée, elle le fut il y a quelques années encore, jusqu'à faire craindre sa disparition, quand par quelque miracle elle connut un regain inespéré. Les jeunes n'ont pas besoin de cours pour aller s'éclater dans quelques discothèques, à tout âge on s'en sort du reste, danser et plus synonyme de s'agiter, de se défouler plus ou moins selon les circonstances, sans rien devoir à quelques règles artistiques codifiées.

Mais dans le grand monde, dans celui des affaires aussi, on a pris conscience que la maîtrise de la valse, du tango, (parfois on ose même la salsa) s'avérait indispensable dans certaines circonstances et que cet enseignement ne se faisait plus dans les familles. À quoi bon être diplômé des grandes écoles, des universités les plus cotées dans le monde, si on se montre gauche lors d'une de ces soirées mondaines qui se présenteront un jour ou l'autre et qui seront décisives dans votre carrière. Ce fut ce raisonnement qui sauva

l'activité de celui qui exigeait qu'on l'appelât :
« *Il Professore* » *Arturo.* Une ultime coquetterie,
un rappel de son passé glorieux que tous res-
pectaient. Il avait été premier danseur dans une
troupe argentine. Quelques photos encadrées
ornaient les murs et attestaient de ses prestations de par le monde. Un peu de publicité et
de bouche-à-oreille suffirent pour faire venir
des clients et plus exactement des clientes. On
manquait cruellement de cavaliers. C'est là que
Zita intervint. Elle lui proposa mes services. Le
hic c'est qu'il ne savait pas plus danser qu'il n'était
comédien l'Aflio. Zita en convint mais vanta
mes dispositions exceptionnelles d'adaptation.
Quelques cours personnels avec « *Il Professore* »,
plus quelques répétitions avec Zita à mes heures
perdues (en avais-je des heures perdues ?) et elle
assura que je serais au point. Top là, accepta « *Il
Professore* ». Arturo avait si cruellement besoin
d'un assistant qu'il me recruta.

Durant quelques soirées, le hall de notre
immeuble changea de fonction pour accueillir
nos répétitions. Il y avait déjà les séances d'étire-
ments de Zita et de quelques seniors, personne
ne s'étonna de cette extension. Certaines familles
vinrent même nous rejoindre, pas mécontentes
de trouver un motif suffisant pour éloigner les

enfants de l'écran de la télévision de finir la journée d'une manière festive et conviviale.

〜

La pièce « En attendant Godot » tint l'affiche plusieurs semaines et les répétitions de la prochaine avaient déjà commencé. Le producteur me fit savoir que le projet était très ambitieux et qu'il me faudrait absolument, pour envisager tenir un rôle, participer à quelques répétitions. Je jouerai le premier ou le deuxième soldat, le choix définitif n'était pas encore fait, un personnage de peu d'importance, mais comme il intervenait à la fin je pourrais continuer d'assumer mon poste de souffleur. Je donnai mon accord. C'est là où mon inculture me joua un mauvais tour, j'étais ignorant du théâtre de ce monsieur Paul Claudel et n'avais jamais lu « Le Soulier de satin ». Même dans une version courte, la pièce durerait tout de même plus de quatre heures et ce n'était plus mes soirées qui seraient amputées mais mes nuits. Je souffris aux premières lectures, ne compris pas grand-chose, puis au fur et à mesure que j'entendais les répliques, que j'écoutais les explications du metteur en scène, quelques passages commencèrent à me toucher. J'y trouvais même des résonances avec ma propre vie. Un auteur complexe ce Monsieur Claudel tout de même.

Je choisis le rôle du deuxième soldat, je ne faisais qu'une apparition lors de la dernière scène et le texte était plus court. Je n'avais pas l'ambition démesurée de me faire remarquer dans ce rôle. Je pensai à la petite ouvreuse, Célestine, avec qui j'entretenais des relations de plus en plus amicales, je proposai qu'elle tînt le rôle du premier soldat, elle entrait deux fois, et avec un bon maquillage, en évitant les aigus cela pouvait s'admettre. Cela arrangeait la production, elle aussi pourrait cumuler, ouvreuse et comédienne et on profita de mon ignorance pour me faire un cours sur le théâtre où j'appris que le sexe de l'acteur ou de l'actrice n'était pas toujours en correspondance avec le rôle tenu, il n'y avait là rien de choquant mais plutôt la perpétuation d'une tradition. Ma mère m'avait déjà expliqué que cela se faisait aussi pour l'interprétation de certains airs d'opéra.

Du coup Celestine obtint son premier rôle et moi son estime. J'en étais satisfait, je pourrais la raccompagner le soir, nous finissions très tard dans la nuit et il n'était pas raisonnable de la laisser rentrer seule chez elle. Il m'arriva de m'attarder avec elle, elle m'apportait le réconfort dont j'avais besoin, mais jamais je ne passai totalement la nuit avec elle, je culpabilisais trop, ma mère pouvant s'inquiéter de mon absence à son réveil.

Je la trouvai d'une beauté délicate. Pas d'exubérance, pas de volonté de se distinguer par des signes distinctifs provocateurs.

Vous dire qu'elle avait les cheveux courts, bruns mais avec des mèches plus blondes décolorées par les effets du soleil, un visage d'un bel ovale, les yeux marron, un petit nez qui conservait un air encore enfantin, que son corps était élancé, harmonieux, bien équilibré, et que ses mains se remarquaient en raison de ses doigts longs et fins, qui semblaient aussi fragiles que de la porcelaine, voilà qui ne saurait suffire pour vous en dresser un portrait. Célestine se méritait. Il fallait s'arrêter sur elle pour découvrir des qualités insoupçonnées. Un modèle de discrétion, d'écoute, d'attention à l'autre, loin des standards adoptés par nombre de ses congénères. En sa compagnie je me sentais à l'aise, elle ne m'effrayait pas au contraire me rassurait, me donnait confiance en moi. Je dois vous avouer que je n'avais pas une grande expérience des filles, c'était pourtant de mon âge comme aiment à le répéter certains adultes, mais moi, j'avais à faire face à notre survie matérielle, à trouver les moyens de faire sortir de sa déprime ma mère avant de penser à ma vie sentimentale.

Elle était étudiante comme moi, enfin en principe, car je mettais de moins en moins les pieds à la fac. Elle me refilait les cours pour me permettre de ne pas décrocher définitivement. Elle était française et bénéficiait du programme européen d'échanges.

Elle aurait bien plu à Sophia mais celle-ci s'éloignait de plus en plus de notre monde.

25

Un matin, en entrant dans la cuisine, je fus surpris d'y trouver ma mère : cela n'était pas arrivé depuis des mois. Elle m'avait préparé un café. Elle avait pris la peine de laver ses cheveux qui n'étaient ni secs, ni attachés et tombaient sur ses épaules en toute liberté. Elle avait quitté son éternel peignoir pour enfiler une robe dans laquelle son corps flottait tant il avait fondu. Malgré tout elle avait toujours cette allure incroyable, cette aisance à se mouvoir. Je n'irai pas jusqu'à dire qu'elle était rayonnante car, à observer de plus près les traits de son visage, on distinguait les stigmates de ses angoisses, de ses pleurs, de sa profonde tristesse, ainsi que les effets dévastateurs des médicaments nombreux qu'elle absorbait depuis trop de temps.

Elle n'était pas fringante mais la transformation était si inattendue, si spectaculaire que ma vie en fut tourneboulée. Je pouvais entrevoir une amélioration que je n'espérais plus. Elle avait fait un effort, pris sur elle, et la fatigue se lisait sur son visage mais le sourire qui m'accueillit me fit chaud au cœur. J'allais retrouver ma Maman, un peu de ma vie d'avant. Peut-être pourrions-nous avancer vers la sortie de ce tunnel infernal dans lequel nous étions jusqu'alors prisonniers.

Elle me parla doucement, sa voix était pleine d'affection.

— Viens, Aflio, viens près de moi… Qu'as-tu prévu aujourd'hui, as-tu cours ? Tu ne me parles pas beaucoup de tes études, te plais-tu à l'université ?

— Oui, oui, ça va…

— Quels auteurs étudies-tu en ce moment ?

— Becket.

— C'est surtout un auteur de théâtre.

— Oui, j'ai un peu déserté la littérature mais c'est du provisoire. Nous avons d'abord entamé un cycle sur Becket, et sa pièce « Fin de partie ».

— La répétition, chaque jour ressemble à celui d'avant, qui ressemble à celui…

— Oui et on a enchaîné avec « En attendant Godot ».

— Ah oui, l'attente, il ne vient jamais, n'est-ce pas ?

— C'est ça…

— Et quoi d'autre encore ?

— Ionesco, « La Cantatrice chauve » la première fois j'ai été désorienté.

— Normal, c'est un théâtre qui est fait pour se moquer, au départ c'était un canular sur la dérision du langage. Tous les spectateurs s'interrogeaient sur le titre, ils cherchaient une justification dans la pièce et bien sûr ne la trouvaient pas. Que de souvenirs… « La Leçon », « Les Chaises ». Il y a aussi… J'ai oublié… Lors de mon séjour à Paris, je suis allée à une représentation de « La Cantatrice chauve » justement. Quand nous irons ensemble je t'emmènerai au Théâtre de la Huchette, c'est une salle minuscule, improbable. Depuis des décennies on y joue tous les soirs exclusivement du Ionesco et dans la même mise en scène que lors de la première représentation et cela ne désemplit pas… Quoi d'autre encore au programme ?

— En ce moment c'est Paul Claudel qui m'occupe, et beaucoup.

— Vous vous éloignez du théâtre de l'absurde. Qu'étudies-tu ?

— « Le Soulier de satin ».

— La version intégrale, je crois me souvenir qu'elle est très longue. C'est une véritable performance pour les acteurs qui osent la jouer, non ?

— Pour les spectateurs également ! Elle est rarement représentée dans sa totalité, onze heures dit-on, moi celle que je connais dure tout de même quatre heures. L'histoire est compliquée, les personnages nombreux, les lieux multiples, il faut s'accrocher pour suivre. Je ne suis pas loin de penser comme Kundera qui disait « les hommes avancent dans le brouillard ». C'est l'impression que j'en ai, mais peut-être que cela va s'éclaircir.

— C'est une démarche créatrice très ambitieuse sur le sens de la Passion, la vertu de la souffrance. Le sacrifice est la condition du salut. Faire don de sa vie pour racheter l'humanité ! Mon père choisissait souvent Claudel pour nos lectures orales partagées… Il y a aussi « Le Partage de midi », « L'Annonce faite à Marie », « L'Échange » et quoi encore je ne sais plus…

— Pour le moment je m'en tiens à cette version courte du « Soulier de satin ». C'est déjà en soi un monument. Tu connais évidemment le mot célèbre de Sacha Guitry prononcé en sortant de la première représentation : « Heureusement qu'il n'y a pas la paire ! » C'est drôle, non ?

— C’est ce que l’on a retenu, mais il n’y a pas de certitude qu’il en soit l’auteur.

— Lui, ou un autre, c’est mon sentiment.

— Tu changeras peut-être d’appréciation, qui sait ? Bravo Aflio, je suis fière de toi et que tu t’intéresses au théâtre n’est pas pour me déplaire. Il y a dans la bibliothèque quelques textes qui pourraient satisfaire ta curiosité. Tu sais, il te faut lire et relire, on ne comprend pas toujours tout ce qu’il y a dans un texte la première fois.

— Oui, c’est ce que je fais…

Elle ne pouvait se douter.

～

Je lui ai menti délibérément, pour ne pas lui faire de peine, mais comment lui dire que j’étais si occupé à organiser notre survie que les études étaient passées au second plan, au moins dans l’immédiat. Finalement mon petit boulot m’avait donné l’opportunité de créer l’illusion que je m’intéressais au théâtre. Elle me parlait de notre bibliothèque, mais elle se résumait à quelques livres, pour l’essentiel nous les avions abandonnés dans notre fuite, ça aussi elle l’avait zappé.

— Aflio, me dit-elle, je t’aime, et ton père aussi j’en suis certaine, même si les circonstances le tiennent éloigné de nous et ne jouent pas en sa faveur… Je me sens responsable de tout ce qui est arrivé et ne me pardonnerais jamais ce que tu subis. Tu es, tu resteras ma seule raison de vivre. J'avais promis de te parler. Il est temps. Tu te souviens lorsque nous avons quitté Palerme, je ne t'ai pas donné d'explication. Je t'ai dit plus tard. Tu te rappelles qu'un émissaire était venu me demander de monter dans une voiture, un passager voulait me parler en toute discrétion. C'était Giovanni qui était là. Il avait réussi à échapper à la police, il était en fuite. Il m'assurait que nous ne serions pas abandonnés, que chaque mois je devrais me rendre dans une officine qu'on me signalerait, pour y retirer une enveloppe contenant les émoluments de Béni. C'était destiné à assurer notre survie en attendant que les choses rentrent dans l'ordre. C'est là que j'ai fait le lien formellement entre Giovanni, son entreprise et Béni. Il ne faut rien devoir à ces gens-là, Aflio tu entends, rien, c'est ce qui a causé la perte de Béni. Tu comprends, dis-moi que jamais tu n'oublieras ce conseil, c'est plus qu'un conseil, c'est un impératif, c'est la seule façon de conserver sa liberté, sa fierté, ses valeurs, son honneur… Il n'y a pas d'autre loi que la loi de la République Aflio, tu le sais.

〜

Elle s'était énervée, avait haussé la voix, montrait des signes d'épuisement.

— Aflio, n'est-ce pas l'heure de te rendre à la fac ? Tu vas être en retard. Salue pour moi le professeur Jean-François Larivière, est-ce qu'il dirige toujours l'unité de littérature française ? C'est un spécialiste de Balzac, l'auteur de « La Comédie Humaine ». Quel observateur de ses contemporains, quel psychologue ! Puiser dans le réel, le transfigurer par l'écriture… l'art de la littérature… Il faudra que tu lises Balzac… que tu t'y attelles… Tu apprécieras, j'en suis certaine, il y a tant à apprendre des hommes, la littérature est inépuisable. Aflio, un dernier mot… avant que tu ne partes suivre tes cours… Je t'aime.

— Moi aussi Maman, je t'aime…

Elle quitta la cuisine tandis que pour lui donner le change, je prenais mon sac et descendais chez Zita pour lui annoncer la nouvelle : « Ma mère s'est levée ».

26

Alors que la représentation du « Soulier de satin » entrait dans sa quatrième et dernière partie, Zita appela le théâtre…

Elle avait trouvé ma mère inanimée et avait dû alerter les urgences. Sophia avait été transportée à l'hôpital.

Célestine me remplaça, elle improvisa. Des trois soldats il n'en restait plus que deux pour la scène, elle répartit les répliques pour conserver une cohérence au dialogue mais cela n'avait plus beaucoup d'importance, arrivés à ce stade les spectateurs étaient ou somnolents ou tout à fait endormis, personne n'était plus capable de noter la supercherie, en dehors de l'auteur (et il n'était plus de ce monde) et des acteurs. Le risque aurait pu surgir d'un puriste installé dans un fauteuil dans la salle, ce point n'est pas à négliger, mais la probabilité faible. Mais je suis persuadé que Monsieur Claudel lui-même, qui n'était pas dépourvu d'humanité, compte tenu des circonstances et de sa grande mansuétude, n'aurait pu qu'approuver cet arrangement. Dans ces circonstances, un fils ne peut différer de se rendre au chevet de sa mère, même avant la fin d'une représentation.

J'arrivai essoufflé au seuil de sa chambre, j'avais pédalé comme un dératé. J'étais surpris par cette détérioration de son état alors que le matin même elle avait donné l'impression d'une renaissance.

L'infirmière m'empêcha d'entrer. Elle me pria de reprendre mon souffle, de me calmer, il ne fallait pas que je me montre inquiet devant ma mère. Ensuite elle me permit de la voir. Entre les appareils de monitoring, la perfusion, l'assistance respiratoire, elle me donna l'impression d'être devenue un être étrange, mi-humain, mi-mutant, d'autant que la seule lumière diffusée par une lampe *led*, à la tête de son lit, d'une blancheur aseptisée, créait une atmosphère inquiétante.

Elle respirait aidée par l'oxygène et le masque dissimulait une partie de son visage. Elle donnait l'illusion de dormir mais était-ce de sa propre volonté ?

L'infirmière poussa une chaise vers moi et me dit que je pouvais rester un moment, à la condition de ne rien faire, de ne pas la réveiller, d'être simplement présent. Elle me dit : « Les malades à ce stade sentent la présence de gens autour d'eux. Sans doute dans le but de me réconforter, elle ajouta : votre présence l'apaisera. Vous pouvez même lui parler doucement, très doucement. »

Elle sortit. Je demeurai là, muet, paralysé, ne sachant que faire pour elle, ne bougeant plus, l'observant comme quand j'étais enfant et que je m'essayais à en faire son portrait. Un long moment se passa dans le silence rompu par les seuls appareils d'assistance médicale. Les mots ne venaient pas. Que lui dire ? Je trouvai au fond de ma poche un crayon mais pas de papier. J'examinai l'environnement proche. Je pris une feuille abandonnée sur un chevet sur laquelle figuraient des consignes pour les soignants, le verso vierge était le seul support à ma disposition. Ce fut comme si le masque respiratoire n'avait pas été en place, mon regard gommait tous les obstacles. Tout devenait lumineux. Me revint en mémoire une phrase de Monsieur Claudel qui m'avait marqué : « Il y a des yeux qui reçoivent la lumière et il y a des yeux qui la donnent. » À croire qu'il avait écrit cette remarque pour Bénito et Sophia. Entre mes doigts le crayon traçait d'un geste assuré, traduisant comme jamais son visage dans sa vérité profonde, jamais je n'avais su aussi bien capter sa personnalité. Une révélation. Cela fut rapide ou bien n'avais-je plus la notion du temps ? Puis au moment où je m'y attendais le moins elle s'éveilla, juste quelques cillements et chercha à dégager son bras gauche de l'étreinte de la perfusion et à enlever le masque qui lui délivrait de l'oxygène.

— Que veux-tu, demandais-je ? Souffres-tu ? Je peux faire quelque chose ?

Dans le même temps j'activai la sonnette d'alerte requérant une présence médicale.

Elle attrapa ma main avec force, la gauche, la plus proche d'elle, par surprise, d'une manière peu confortable, me tordant le poignet. Ce n'était pas le moment de me plaindre, je sentais qu'elle avait agi dans l'urgence. Elle prononça d'une voix faible quelques mots que je ne pus saisir.

L'infirmière entra. Je lui demandai de lui retirer son masque, au moins un instant, pour faciliter son élocution.

Elle accepta.

— Deux minutes, précisa-t-elle, et je reviens. Je me penchai vers ma mère.

— Il faut partir Aflio me dit-elle d'une voix douce, je vais mieux, va, va, tu reviendras demain, il est tard… Ne t'inquiète pas…

— Je vais rester là, à côté de toi…

— Non, Aflio, inutile, va, je t'en prie…

Elle serrait toujours mon poignet avec une intensité que je n'avais jamais connue, comme si un fluide était passé de son corps au mien et nous avait parcourus. Je ressentais un trouble inhabituel. J'étais ébranlé. Je ne trouvais rien à lui dire. À cet instant les mots me manquaient, ils étaient trop faibles pour traduire mes sentiments.

〜〜

Nous restâmes silencieux.

Puis l'infirmière revint. La pause était terminée, il fallait l'alimenter en oxygène.

— Aflio, va, tu reviendras demain, il faut te reposer, je vais dormir.

— Votre mère a raison monsieur, rentrez chez vous, il ne va rien se passer, elle va se reposer maintenant, demain elle ira mieux, vous pourrez revenir lui tenir compagnie.

— Va, Aflio, va… donne-moi un baiser… Tout va bien je vais dormir.

— Demain j'apporte le vaporisateur et je te parfume…

〜〜

À regret je la quittai. L'infirmière m'avait persuadé que je n'avais rien de mieux à faire que de respecter sa volonté : la laisser dormir.

J'emportai son portrait. Alors que je m'apprêtais à plier le papier pour le ranger dans mon portefeuille, l'infirmière insista pour le regarder.

— Bon coup de crayon. Votre maman est très belle et votre portrait saisissant, c'est bien elle, ajouta-t-elle avant de me guider vers la sortie.

~

Je crois que je n'avais jamais tenu mon crayon avec autant d'assurance.

27

Il était près de huit heures du matin quand le téléphone a sonné. L'hôpital m'a sorti d'un sommeil profond.

Ma mère s'était endormie à jamais durant la nuit, ce sont les mots qu'on prononça pour me ménager. Puis, on ajouta : « Elle n'a pas souffert », comme pour atténuer la charge affective. Qu'en savaient-ils ? En apparence peut-être, mais moi je comprenais que c'était la douleur de cet amour anéanti qui lui avait enlevé la vie.

Sous le choc de l'annonce, je fixai ma main gauche, celle qu'elle avait serrée dans un dernier geste, comme pour y chercher une trace de la sienne, en vain. Me restait ses derniers mots : « Tout va bien je vais dormir » et ce fluide qu'elle m'avait communiqué avec une telle intensité qui parcourait encore mes veines. C'était fini. Un sentiment de néant m'envahit.

Ma mère n'était plus. Je ne réalisais pas. C'était vide de sens. Jamais je n'avais envisagé sa mort. Pour moi elle était éternelle, même si depuis quelque temps elle avait un peu perdu les pédales. C'était la conséquence de l'irruption de la police chez nous, rien qu'une réaction normale, un désarroi passager. Je ne pouvais envisager pour autant que cela se terminât aussi brutalement. Je n'étais aucunement préparé. Est-on jamais prêt à affronter une telle tragédie ?

Hier matin j'avais retrouvé de l'espoir et puis cette hospitalisation, cette dégradation subite. J'aurai dû rester avec elle, ne pas quitter sa chambre, hier au soir, ne pas écouter cette infirmière qui me pressait d'aller me reposer. Je n'avais pas été là, je n'avais pas assuré… La culpabilité m'envahit. Je n'avais rien fait pour éviter… cette perte définitive. Aurais-je pu éviter sa mort ? Je l'avais laissé vivre ses derniers instants, seule. Peut-être m'avait-elle appelé, réclamé ? Je n'en saurai jamais rien. Il me faudrait vivre avec ce poids, cette interrogation. J'éprouvais aussi paradoxalement un sentiment d'abandon de sa part, à mon encontre. Objectivement, je ne pouvais lui en tenir rigueur. Ce n'était pas de sa propre volonté, mais dans les faits, oui, je me retrouvais seul. J'étais livré à moi-même. Le monde s'écroulait.

Nous parlions parfois de la mort, comme d'une interrogation philosophique ou d'une question religieuse, et je me souviens qu'elle disait que c'était à ce moment-là que la ligne de partage se matérialisait, entre ceux qui n'entreverraient qu'un ciel vide et ceux qui le trouveraient plein d'espoir. Ceux qui seront confrontés à la triste réalité, un corps qui ne sera bientôt plus qu'un amas de poussière, qui ne pourront se raccrocher qu'au souvenir de l'être cher et ceux qui pourront conserver l'espoir d'une vie après, de le rejoindre peut-être un jour dans l'au-delà ? L'Espérance…

Je n'avais pas le cœur à philosopher, j'étais perdu, loin de ça. Là il s'agissait de la mort de ma mère… Mon cerveau avait disjoncté.

〰

Je descendis chez Zita. Elle comprit à mon air désespéré. Je n'eus pas à lui donner d'explications. Elle se mit à pleurer, un flot lacrymal ininterrompu, incontrôlable, moi je ne versai pas une larme, mes yeux demeuraient secs. Je ne comprenais pas pourquoi. C'était physiologique. Mon corps physiquement m'abandonnait, incapable d'assurer une fonction aussi banale. J'étais affecté au plus profond de moi-même et pourtant rien, pas la moindre larme… Un fils se doit de verser toutes les larmes de son corps pour sa mère. Au fond c'était peut-être le signe qu'il n'y aurait personne pour me consoler. J'étais orphelin de mère et de père.

〜〜〜

Je dus prévenir mes grands-parents. Ils prirent les choses en mains, sans se préoccuper de savoir si ma mère avait exprimé quelque volonté et si j'avais un avis. Ils me considéraient comme incapable de gérer ce type d'événement et puisqu'ils avanceraient les frais, me précisèrent-ils, (sans doute à déduire d'un éventuel héritage si un jour il y avait une succession d'engagée) ils pouvaient donc, cela allait de soi, décider de tout : les obsèques dans la plus stricte intimité, l'office religieux, le caveau familial, l'interdiction de prévenir mon père qui n'aurait eu aucune incidence sur sa présence inenvisageable dans tous les cas.

Le Cardinal s'excusa, une crise d'arthrite, presque un signe du ciel. Il avait donné le « la ».

La famille, dans sa grande majorité, s'était fait porter pâle, les rangs très clairsemés. La messe religieuse fut pesante et moralisante, mes grands-parents n'avaient pas choisi le curé par hasard. Bien que le maître de cérémonies ait rappelé, une nouvelle fois, qu'au cimetière l'inhumation se déroulerait « dans la plus stricte intimité », comme pour dissuader les plus tenaces, loin d'impressionner la communauté de notre immeuble, Zita et les autres vinrent. Zita ne se priva pas de faire observer qu'ils étaient de loin les plus nombreux.

Ma grand-mère, malgré l'insistance de son époux hésitait à quitter les lieux. Je voyais bien que j'étais l'objet d'une discussion.

Allait-elle m'abandonner ici, au pied de ce caveau, seul, orphelin, sans un geste d'affection à mon endroit en ce moment si douloureux ? Que lui dictait sa conscience ?

Rien n'était définitivement effacé par la mort de ma mère, j'étais là, tableau vivant. Qu'allait-on faire de moi ? M'oublier ?

Allait-elle infléchir sa rectitude, accorder son pardon par de-là la mort et ouvrir ses bras à son petit-fils ?

Les préposés des pompes funèbres, le personnel du cimetière, observaient la scène légèrement en retrait. La tension était palpable. Comme si deux camps s'affrontaient, ceux qui se tenaient rigides dans leur costume, assumant avec froideur leur rôle familial par obligation, sans montrer trop d'affectation, ceux qui, presque des intrus, indisciplinés, exubérant dans leurs tenues et leurs sentiments se montraient touchés, ne contenant plus une humanité débordante. Zita trouva que cela suffisait, que j'avais suffisamment été malmené depuis de longs mois, elle régla la question en s'adressant de loin à la famille, en l'interpellant : « Ne vous inquiétez pas il va rentrer avec nous. »

La conscience de mon aïeule fut soulagée, elle partit libérée.

☙

La communauté me fit chaud au cœur et Zita proposa de ne pas nous en tenir à cette cérémonie qui ressemblait si peu à ma mère. Le hall de l'immeuble fut bientôt trop petit, pour contenir tous les occupants et amis venus spontanément ou alertés par Zita. Nous nous répandîmes à l'extérieur, dans la rue. Spontanément des chœurs se constituèrent et improvisèrent reprenant quelques airs des opéras qu'elle avait tant aimés : « La Traviata », « Rigoletto », « Le Barbier de Séville », « La Tosca », « La Flûte enchantée »…. Personne ne se risqua à entonner « La Norma », inutile de massacrer un chef-d'œuvre tant apprécié de Sophia. Les participants révélaient des talents insoupçonnés. Zita fut une Carmen convaincante, danseuse aguichante faisant tourner la tête d'« *Il Professore* » *Arturo*, transformé en toréador.

264

L'un et l'autre retrouvaient une nouvelle jeunesse. Peut-être finirent-ils la nuit dans les bras l'un de l'autre ? Un trio de violonistes, des copines de Célestine, trois étudiantes du conservatoire habituées des concerts de rue où elles faisaient la manche pour alléger le coût de leurs études, animèrent musicalement la soirée, tandis que les collègues universitaires de Sophia lurent quelques poèmes et textes qu'elle avait aimés.

J'étais bien incapable d'exprimer ma reconnaissance, de dire quelques mots pour évoquer ma mère. J'étais trop dans la peine pour prendre du recul, pour comprendre et accepter qu'elle eût perdu toute raison de vivre, au point de se laisser mourir et de m'abandonner.

Zita veillait sur moi, elle me glissa à l'oreille comme si j'avais été l'initiateur de ce bel hommage : « De là où elle est, elle est fière de toi. Il y a ce soir tout ce qu'elle a aimé, son fils chéri entre tous et la musique, la danse, la littérature, les artistes, les amis convoqués pour passer la soirée autour d'elle. Nous ne pourrons l'oublier. Sophia était une fille bien.

Regarde ! C'est tout le quartier qui la fête ! »

28

La fac pour moi, c'était fini, mais ça l'était déjà. Qu'allais-je devenir ? La raison me dictait qu'il fallait que je me bâtisse mon propre avenir, mais j'étais encore trop affecté pour l'envisager sereinement. Bien vite, mes grands-parents firent savoir qu'ils voulaient récupérer le logement, du reste n'était-il pas trop grand pour moi ? En tout cas ils ne se génèrent pas pour me le faire comprendre. À l'évidence ils n'éprouvaient aucune affection pour ce petit-fils si meurtri. La charité chrétienne ? Une fadaise…

Je dus mon salut, geste ultime de solidarité familiale, à mon parrain qui intercéda auprès du Cardinal, après moult démarches, pour me faire entrer au Musée du Vatican. Il me trouva un poste de surveillant. Je n'avais rien sollicité. La famille avait dû penser que c'était bien pour moi. J'avais au moins un salaire, même modeste, la possibilité de trouver un logement sans doute hors de Rome, mais je n'étais pas en mesure de me plaindre et de montrer quelque exigence. Je dus m'en contenter, c'était beaucoup mieux que tout ce que j'avais connu jusqu'alors, enfin je veux dire ces derniers temps et financièrement, car pour ce qui est de la convivialité j'étais assuré de perdre au change. « Et puis, souligna le Cardinal, au téléphone, si tu ne fais pas de connerie, si, si, je vous assure il a prononcé *stronzata*, tu dois pouvoir y demeurer jusqu'à la retraite, cela ne tient qu'à toi. » J'avais trois mois devant moi pour déménager et trouver un autre logement. La famille faisait preuve de solidarité en m'accordant un délai pour libérer les lieux et sans en changer les règles c'est-à-dire que je ne payais pas de loyer mais devais acquitter les charges. Je ne voyais pas comment j'aurais pu le faire. Zita fut formelle : « Tu ne paies rien, non mais, qu'ils aillent se faire foutre ! Il manquerait plus que ça que ton grand-père t'envoie l'huissier et la police, qu'il s'y avise ! Je saurais qui alerter. Crois-moi, il n'osera jamais. »

⌖

Ma grande tristesse venait du fait que je devais quitter cette communauté et mon amie Zita à qui je devais tant. Elle se démena pour me trouver un logement abordable dans le quartier mais ce fut mission impossible. Elle imagina même demander à Madame Cristobal-Popoulos, dont j'étais à certaines heures « l'homme de compagnie », de me loger mais la question du qu'en-dira-t-on se posa, ce n'était pas une bonne idée. Un si jeune homme hébergé par une si vieille femme ! Non, il fallait oublier.

Zita me conseilla de prendre l'appartement proposé par l'entremise de mon parrain, au moins pour quelque temps, elle allait continuer de chercher une solution locale, elle ne renonçait pas.

Elle me parla de succession, de contrat de mariage, toutes sortes de sujets dont j'étais ignorant. Non seulement je n'entendais rien à ces questions mais je n'avais nullement le désir de les soulever.

✳

Ce n'était pas ce que j'avais à emporter qui me posait problème, c'était pour le mettre où ? J'obtins un grand une pièce, (c'est très relatif vingt-quatre mètres carrés, ce n'est pas non plus un palais italien) on dit un T1, avec un coin cuisine, une salle d'eau et un w.-c. au septième étage, avec balcon, près de la station de métro Marconi, à la périphérie de Rome. Je n'ouvris même pas les cartons où s'entassaient les souvenirs de la famille dont je n'envisageais pas me défaire, il fallait qu'il reste quelques traces de ces années heureuses que nous avions partagées, tous les trois. Pour le moment je ne songeais nullement à fonder moi-même une famille, d'une part je m'estimais bien trop jeune, et la question avec qui se posait avec acuité. Célestine restait bien présente à mon esprit, je l'avoue. Je devais au « Soulier de satin » de nous avoir rapprochés, d'avoir partagé sa couche et connu mes premiers émois amoureux. J'étais plutôt en mode survie, on verrait plus tard. J'allais habiter un quartier constitué d'immeubles, tous identiques, de huit étages, en briques rouges, disposés les uns à côté des autres, avec à leur pied ce qu'il est convenu de désigner « un espace vert », agrémenté de quelques arbrisseaux rachitiques qui témoignaient de la volonté initiale des promoteurs de prendre en compte la dimension environnementale et qui présentement n'avaient d'autres perspectives d'avenir, sur cette terre aride, que végéter ou crever. Ajoutez à cet environnement deux ou trois bancs délabrés pour y accueillir un brin de vie sociale, un bloc de quelques commerces de proximité, complétez par une cafétéria multi-services (presse, loto et paris en tous genres), mal fréquentée, quartier général des poivrots et vous avez un résumé de la qualité de mon nouveau lieu de vie.

Du septième étage le point de vue était à demi contrarié par la façade d'un bâtiment, mais permettait néanmoins d'entrevoir l'horizon sur une plaine plantée d'oliviers centenaires que l'on commençait à arracher pour les exporter comme arbre d'ornement. Le terrain allait changer de destination avant longtemps et devenir constructible pour accueillir une nouvelle résidence. De loin je ne pouvais lire la publicité sur le panneau planté par le promoteur au milieu de la parcelle, mais nul doute que les logements ne pouvaient être que de qualité et les futurs propriétaires appartenir à l'élite.

᪐

— Vous, vous êtes chanceux, vous devriez jouer à la loterie, ou alors vous avez des appuis, m'avait dit le préposé à la visite en m'accueillant. Trouver aussi vite un appartement près du métro, sur la ligne qui mène à la plage de Rome, le Lido, au septième étage, réputé moins bruyant qu'un rez-de-chaussée, et avec un loyer modique, (je ne partageais pas son appréciation) c'est pas donné à tout un chacun », avait-il souligné.

Il avait omis de me renseigner sur la fiabilité de l'ascenseur plus souvent en dérangement qu'en service. Mais j'étais jeune et apte à franchir les étages d'autant plus que je restais assis une bonne partie de la journée.

Le métro n'était pas direct mais un seul changement au central de Termini et je pouvais rejoindre le Vatican en quarante minutes, ce qui n'était pas si mal. C'est de là que j'abordai la nouvelle étape de ma vie.

29

J'avais dû quitter Zita et elle me manquait cruellement. De temps en temps, en sortant du travail, je passais la voir et lui racontais mon quotidien. Parfois, le dimanche, elle prenait le métro et je la retrouvais à la station Marconi et nous poursuivions ensemble jusqu'à la plage du Lido. Nous y passions la journée, prenions un bain et marchions le long du bord de mer jusqu'au port de plaisance. « Aflio, me disait-elle, regarde les yachts, j'en suis certaine, un jour tu en auras un. »

J'éclatais de rire et lui répondais : « Tu peux rêver, c'est gratuit. C'est tout ce que je peux t'offrir. »

Nous passions de bons moments, nous étions réunis c'était déjà ça, nous croisions tant de gens seuls, les yeux perdus vers l'horizon et vides de tout espoir.

J'avais conservé les premiers mois, les deux prestations par semaine de danse pour ne pas mettre en difficulté le cours d'« *Il Professore* » *Arturo*. C'était compatible avec mes horaires de travail et j'appréciais de me divertir. Cela me sortait des salles obscures et je n'avais pas grande hâte à retrouver un appartement si peu confortable et si peu chaleureux. Cette activité m'aidait à maintenir mon corps en mouvement car le métier de surveillant est plutôt statique : le cul sur une chaise des heures durant… de quoi favoriser quelques maladies professionnelles comme des escarres, des furoncles ou des hémorroïdes…

J'avais fait une croix sur les études à l'université. J'étais devenu un travailleur sans formation, le pied pour faire carrière ! Il y a toujours quelques exemples que l'on cite abondamment et aussi des bonimenteurs, pour prétendre qu'on peut débuter dans la vie sans bagage, ni études et très bien s'en sortir, mais je demandais à voir. J'étais au pied du mur, décidé à le gravir de mes mains, je me doutais que j'allais m'écorcher plus d'une fois.

Célestine me manquait. Juste après les obsèques de ma mère elle avait dû rentrer en

France, son stage était arrivé à son terme. J'avais promis de venir la voir et j'avais très envie de tenir ma promesse, mais dans l'immédiat c'était une dépense impossible. Il me fallait patienter et conserver l'espoir qu'elle m'attendrait. Elle m'avait beaucoup aidé à passer cette période difficile des dernières semaines. J'avoue que je ne m'étais pas préparé à un tel dénouement. Dans mon esprit ma mère allait remonter la pente et nous allions retrouver une vie plus sereine. Béni finirait par revenir et nous pourrions faire des projets, enfin peut-être ? Célestine et Zita étaient les seules personnes qui comptaient pour moi et pour lesquelles j'avais de l'affection et de la reconnaissance. Mes bouées de sauvetage…

30

Je n'en peux plus de demeurer enfermé, six à huit heures par jour dans cette salle, dans cette demi-pénombre. On a juste le droit d'entrouvrir les volets pour laisser pénétrer un peu de lumière. Les fenêtres sont grandes ouvertes, en été, dans l'espoir de créer un courant d'air, ce qui n'advient que très rarement. Les ventilateurs n'y parviennent pas plus. Je me tiens près d'une fenêtre, assis sur ma chaise, officiant. On dirait que je veille un mort si ce n'était la foule qui défile sans discontinuer.

Je suis loin du discours qui me fut tenu lors de mon embauche et de la courte formation qui me fut dispensée. J'étais un élément essentiel, un référent, tout juste si en mon absence, enfin je veux dire avant de me recruter, le musée était en mesure d'ouvrir ses portes. J'étais un membre actif de l'équipe d'accueil, je devais donner la meilleure image du Vatican, défendre ses valeurs, baigner dans l'excellence matin, midi, et soir, et même au-delà lorsque les portes s'étaient refermées sur les derniers visiteurs du jour. Je me devais d'apporter ma pierre à l'édifice, conforter cette notoriété, cette référence mondiale, me montrer digne de cet État, si petit mais si influent, si puissant. Ma mission première était de veiller à la protection de son patrimoine, de ces œuvres uniques, originales, irremplaçables, d'une valeur inestimable.

Ne permettre à quiconque de s'approcher d'un tableau, de le toucher encore moins, de lancer quoi que ce soit dans sa direction, de le viser, de l'impacter. Ne pas le laisser éclairer par quelque projecteur puissant. Mon formateur avait mimé la scène. Cela m'avait paru saugrenu, je voyais mal quelqu'un franchir les contrôles et les détecteurs de métaux avec un projecteur du type de ceux que l'on utilise sur les tournages, sans y avoir été autorisé par l'autorité supérieure. Ne pas laisser entrer la lumière du soleil, laisser les persiennes fermées en hiver, légèrement entrouvertes en été pour faire circuler un peu d'air. Il fallait compenser la vétusté des lieux, l'absence de climatisation, de ventilation. Être aimable en toutes circonstances, comprendre quelques mots dans chaque langue pour renseigner et exprimer les consignes. Se montrer ferme si nécessaire, sans en avoir l'air, cela me laissa perplexe sur l'attitude à tenir dans les faits. Veiller au grain, s'adapter à toutes les circonstances, rendre fluide la circulation sans entraver l'accès à la salle placée sous votre surveillance, ni en accélérer la sortie. Interdire de fumer, de vapoter, cela avait été ajouté à la main sur la check-list dont le concepteur n'avait pas prévu cette nouvelle alternative à la cigarette, signaler les incendies, évacuer en cas d'alarme, la liste était longue et loin d'être close.

Loin de cette mission, j'étais comme mes confrères, juste assis entre six ou huit heures par jour, parfois sans relève au moment de la pause parce qu'un grain de sable avait perturbé le planning initial, me condamnant à assurer jusqu'au bout mon service. Entre nous, il faut une vessie à toute épreuve. C'est probablement la première qualité à mettre en avant lors d'un recrutement. J'étais dépourvu de moyen d'action pour contrôler ce flux incessant, ininterrompu. J'étais tout juste bon à tirer la sonnette d'alarme, à déclencher les secours en cas d'extrême urgence.

Jusqu'ici je n'avais alerté les services centraux que pour évacuer deux touristes pris de malaise, asphyxiés par manque d'air et incommodés par la chaleur étouffante, hélas pas parce qu'ils avaient été bouleversés au point de défaillir à la vue des chefs-d'œuvre contemplés.

Au début j'ai joué les bons élèves, j'ai bien tenté de faire part de mes observations, de signaler quelques problèmes, de proposer des améliorations pour pouvoir remplir ma mission correctement, mais j'ai très vite compris que cela ne servait à rien, sinon qu'à m'attirer des ennuis et les représailles de mes collègues.

La hiérarchie ne supporte aucune remise en cause de son modèle éprouvé. On nous demande d'apporter notre contribution mais en réalité il faut entendre : ne vous y risquez pas et nous vous ficherons la paix.

C'était à ce prix que chacun supportait sa charge, et dérogeait sans grand risque à sa tâche. Les uns lisaient au lieu de surveiller, d'autres somnolaient en toute quiétude pour rattraper leur déficit de sommeil, d'autres engageaient de longues conversations au téléphone ou jouaient sans discontinuer avec les applications de leurs smartphones. Heureusement que la grande majorité des œuvres placées sous notre protection étaient de grands format, sinon je crois qu'un bon nombre d'entre elles auraient pu être décrochées sans même qu'on s'en aperçût. L'alarme était la dernière sécurité susceptible de décourager un voleur en plein jour. Je n'aurais pas parié un kopeck qu'elles étaient toutes en état de marche. J'ai bien vite compris qu'il me faudrait subir les petits arrangements des uns et des autres, j'étais l'une des dernières recrues, et il était vain de faire des suggestions qui perturberaient les usages établis. Je l'ai appris à mes dépens. Je fus bientôt privé de la possibilité de l'alternance qui permettait de négocier un changement de salle de surveillance pour être affecté dans celles qui offraient des conditions plus agréables, à vos yeux.

⌇

J'aimais bien la salle XVI. Je contemplais « Adam et Ève au paradis terrestre », une œuvre de Peter Wengel du XIXe siècle. Je m'étais documenté d'abord pour satisfaire ma propre curiosité, puis en espérant que peut-être un jour un visiteur ferait appel à mes connaissances. Personne ne m'avait jamais interrogé. J'étais là sans existence aucune, mon corps sous mon uniforme se fondait dans le paysage. Jamais aucun peintre, à ma connaissance, n'avait eu l'idée de restituer la scène : un gardien de musée, personnage principal de la toile, debout ou assis, surveillant des visiteurs en arrêt devant quelques tableaux accrochés au mur. Pourtant avouez que le peintre devrait se montrer reconnaissant, sans lui l'œuvre ne pourrait être présentée au public, courrait le risque de subir des dommages, d'être maltraitée, détruite, volée. J'estime, qu'il serait juste qu'un jour un artiste choisisse d'immortaliser cet auxiliaire, membre à part de la chaîne artistique, sans qui un musée ne serait pas un musée. Les caméras vidéo ne font pas tout.

Les visiteurs passaient plus ou moins rapidement devant les peintures accrochées, ne s'attachant que très exceptionnellement à regarder les détails. Les plus intéressés se penchaient sur les chevalets où des textes en deux langues, italien et anglais, indiquaient le nom de l'artiste, les dates de sa naissance et de sa mort, le titre de l'œuvre et quand on en avait la certitude l'année de sa création. C'était amplement suffisant. D'autres étaient plongés dans la lecture de leur guide papier ou téléchargé sur leur tablette et essayaient de retrouver le tableau objet de commentaires éclairés. Imaginez une œuvre décrochée pour un prêt (très exceptionnel j'en conviens) ou une restauration et la désorientation qui s'ensuivrait, ou la confusion en cas de remplacement temporaire par une autre. J'ai vite noté chez les touristes une nouvelle tendance encore plus expéditive. Ils photographient l'œuvre, le chevalet et se réservent de regarder plus tard, à leur retour de vacances ou peut-être jamais, ce qu'ils sont venus voir en traversant pour cela la planète. C'est pas croyable. Il faut dire qu'ils n'ont pas beaucoup de temps, ils font le musée du Vatican, en trois ou quatre heures, cinq au mieux (y compris le passage à la boutique des souvenirs et une pause au bar) l'équivalent d'un bon footing. Ceux qui sont accompagnés de guides sont encore moins bien lotis. Ils cavalent et ne s'arrêtent que devant quelques œuvres majeures et entendent dans leurs écouteurs les commentaires qui sont distillés.

Pourtant il y avait de quoi s'amuser devant « Adam et Ève, au Paradis Terrestre ».

Ma mère m'avait emmené un jour à une consultation dans un service hospitalier d'ophtalmologie pour faire vérifier ma vue. Oui, je donne l'impression de m'égarer mais pas du tout, vous allez vite comprendre. Sur l'un des murs de la salle d'attente un artiste avait peint une fresque qui remplissait tout l'espace, une sorte de jungle dans laquelle un certain nombre d'animaux étaient dissimulés dans le paysage. En bas à gauche un portrait de chacun était là en référence pour aider l'enfant à les retrouver. Il y en avait huit, je me souviens très bien, j'en avais trouvé six et mon tour d'être examiné par le médecin était venu avant que je puisse achever ma recherche. J'espérais pouvoir revenir pour trouver les deux manquants, mais hélas, le médecin trouva ma vue impeccable et ne prescrivit aucun autre rendez-vous avant longtemps. J'essayai d'entraîner ma mère à nouveau vers la salle d'attente avant de quitter les lieux pour réussir le test jusqu'au bout. Elle comprit que je ne la lâcherai pas et accepta.

〜〜〜

Le tableau de Wengel comporte deux cents animaux, de quoi passer l'après-midi à essayer de les recenser. Je m'y suis exercé presque chaque jour. Pas facile, je n'y suis jamais arrivé en raison de la multitude et de la confusion qu'elle entraîne. Il aurait fallu procéder méthodiquement, marquer ceux comptabilisés pour ne pas faire de doublon, et je ne pouvais décemment le faire. Vous me voyez déposant des post-it et numérotant chacun. Mon record personnel est établi à soixante-neuf, soit dans les trente pour cent, pas terrible mais je vous mets au défi de faire mieux.

Je ne pouvais m'empêcher de penser à ce « Paradis Terrestre » idéal que j'avais sous les yeux. Avait-il un jour véritablement existé ? Il m'apparaissait tel que Wengel se l'était imaginé, ou plutôt tel que les textes bibliques le décrivaient et qu'il les avait interprétés. N'ayant rien d'autre à faire j'exerçais mon imagination, construisais dans ma tête mon propre paradis. Parfois c'était dans d'autres lieux que subitement mon esprit divaguait, le métro, mon quartier, et je repensais au « paradis » celui du musée et je le comparais à celui que j'avais présentement sous les yeux, qui souffrait de l'empreinte des hommes et des civilisations. Je m'interrogeais sur ce qu'ils en avaient fait au fil du temps. Paradis ou enfer ?

~~~

Puis je fus écarté de ce « Paradis terrestre » apaisant et naïf pour être affecté dans une autre salle et ce fut une scène autrement plus tragique qui s'offrait à mon regard : « Le martyr de Gor Comiensi », peint par Cesare Fracassini en 1867, pour la cérémonie de béatification au Vatican. Les pieds posés sur un échelon d'une échelle appuyée à la poutre maîtresse d'un toit éventré, le bourreau s'apprête à lui passer la corde autour du cou, alors que trois autres corps sans vie se balancent déjà dans le vide. Mon esprit vagabonde, me revient en mémoire la tragédie vécue par saint Alfio et ses frères, et sainte Agathe, et d'autres encore. J'en viens à m'interroger, je ne suis plus
~~~

certain de mes réponses, et si tout cela n'avait aucun sens, se sacrifier pour défendre des idées, les siennes et celles des autres, qui seront combattues par d'autres toutes aussi vaines, qui seront remplacées un jour ou l'autre par d'autres encore. Les statuts changent, évoluent, se retournent.

Qui sait ce que retiendra l'histoire et si la vérité de ce jour sera celle de demain. Les livres d'histoire sont remplis de parcours qui attestent qu'un terroriste peut devenir du jour au lendemain un héros, un résistant enfiler le costume d'un tyran maudit ou d'un libérateur.

⌇

Ma mère m'a souvent enseigné l'histoire de la Sicile en s'appuyant sur les monuments et leurs empreintes architecturales successives, traces de la présence des envahisseurs. Ils n'occupaient pas seulement géographiquement un lieu, dans le but d'étendre leur domination sur des terres et convoitaient les richesses économiques, ils cherchaient aussi à introduire de gré ou de force des idées dans la tête des hommes. « Liotru », l'ami de mon enfance, celui qui défiait les lois de l'équilibre, qui portait sur son dos tous les symboles des occupants : égyptiens, grecs, chrétiens, arabes, reste pour moi une forme d'incarnation.

La Sicile, l'Italie, Catane, Palerme, Rome, sur les seuls territoires que je connais, partout les édiles louent l'esprit de tolérance, se félicitent de l'apport des cultures, admirent les chefs-d'œuvre qui en ont résulté, mais moi je vois aussi les traces des violences, les tueries, les mêmes épisodes répétitifs, la même dictature des idées.

Les hommes n'ont-ils rien appris, rien compris et toujours ils recommencent les mêmes erreurs. Est-ce qu'une idée vaut plus qu'une autre, j'en doute à cet instant. Ceux qui sont sans foi ni loi, après tout ne s'en sortent pas si mal. Une réalité qui m'épouvante.

∿

Puis je fus assigné salle XII.

Ma chaise est face au chef-d'œuvre du Caravage « La Déposition du Christ au Sépulcre ». Une huile sur toile monumentale de trois mètres sur deux, enfin les spécialistes disent 300 sur 203. Encore une image de cette intolérance et des conséquences. Le corps du Christ est soutenu par Nicodème et saint Jean qui le déposent sur la pierre tombale, dans des gestes délicats et précautionneux, sous le regard de Marie, mère du Christ, de Marie-Madeleine, et de Marie de Cléophas. Cette dernière lève les yeux et le bras vers le ciel pour l'implorer. C'est trop tard. Le miracle n'a pas eu lieu. Dieu a voulu que son fils se fasse homme et qu'il endure la pire des choses, la crucifixion. La scène est terriblement dramatique, les regards intenses disent la souffrance, le tragique de la situation. On ne peut qu'être bouleversé à la vue de ce tableau. L'artiste a du talent, c'est indéniable. Moi qui me suis essayé tant de fois à peindre le visage de ma mère je vois l'abîme entre mes tentatives et la réalité à laquelle je parvenais et parviens quand je reprends mon travail. Le Caravage traduit avec une telle justesse le ressenti des acteurs de cette scène, qu'il nous en dévoile leur âme au point que nous entrons en communion avec eux. En tout cas, moi.

〜〜〜

Voilà mon quotidien. Chaque jour je contemple la même scène, je revis la souffrance du Christ et de son entourage. Ma chair est meurtrie. Il m'arrive même de faire des cauchemars, de me réveiller en sueur, c'est mon corps qu'on dépose de la Croix.

〜〜〜

Le bruit et la fureur des visiteurs m'en détournent à peine. Pour m'évader j'en suis à adopter les mêmes échappatoires que mes collègues. J'écoute beaucoup de musique, avec les écouteurs c'est discret. Cela ne se remarque pas, sauf une fois. L'émotion était trop forte, je n'ai pu retenir des larmes et sur mon visage quelques-unes ont glissé avant que j'ai pu les effacer. J'ai senti une main saisir la mienne. J'ai levé mon regard, surpris par ce geste inhabituel. Une jeune femme, probablement une Chinoise s'était approchée de moi, m'avait touché et s'était adressée à moi dans une langue qui m'était incompréhensible. Elle usa de signes pour se faire comprendre. Je devinai qu'elle m'interrogeait. Allais-je bien ? Elle désigna mes larmes mimant sur son propre visage. J'étais gêné. J'aurais voulu disparaître de sa vue. Je lui dis que « c'était la musique », comme pour m'excuser. Elle ne comprenait pas. Je retirai un écouteur et lui tendis. Elle le rapprocha de son oreille et comprit, demanda à le garder et ensemble nous partageâmes la voix de « la Bartoli » dans « *Laudate dominum* » de Mozart. De son pouce levé elle m'indiqua qu'elle avait trouvé ça super. Elle déposa un baiser sur ma joue et repartit à la recherche de son groupe qui avait déjà quitté les lieux.

C'était la première et unique fois qu'un visiteur, en l'occurrence une visiteuse, s'était intéressé à moi, avait remarqué ma présence, avait fait preuve d'humanité. J'aurais dû la suivre, l'enlever ainsi que mon père avait fait lors de sa rencontre avec ma mère. J'étais resté assis sur ma chaise, bouleversé certes mais incapable d'une telle folie. J'en suis hanté et éprouve des regrets. Je me dis que cela va peut-être se reproduire, un jour, qui sait ? Ferais-je alors preuve d'audace ?

31

Je n'en peux plus d'être enfermé, six à huit heures par jour, dans ces ténèbres.

Je n'en peux plus de respirer cet air irrespirable.

Je n'en peux plus de ces ventilateurs qui brassent ce cocktail de microbes planétaires.

Je n'en peux plus de ne pas voir le soleil méditerranéen.

Je n'en peux plus d'avoir sous mes yeux ces toiles morbides.

Je n'en peux plus de ne pouvoir échapper à ces visages accablés, meurtris, affectés par des dogmes.

Je n'en peux plus de ce défilé incessant de cohortes de touristes venus du monde entier, qui me frôlent, si proches de moi qu'ils m'écraseraient les pieds si je n'avais la prudence de les escamoter sous ma chaise.

Je n'en peux plus de ces grands échalas, de ces escogriffes, de ces nains, de ces libidineux, de ces obséquieux, de ces obèses, de ces merlans, de ces pignoufs (encore un héritage de ma mère) de ces planches qui traversent de gauche à droite les salles tels des zombies.

Je n'en peux plus de ces hommes reliés à leurs smartphones par des écouteurs qui leur débitent des fadaises dans toutes les langues pour donner à leur voyage une dimension culturelle. Je voudrais les essoriller.

Je n'en peux plus de ces guides qui brandissent leurs étendards de ralliement pour se lancer dans la bataille, fendre la foule juste pour s'agglutiner devant un chef-d'œuvre.

Je n'en peux plus de ces selfies qui finissent sur la toile, celle de 2.0.

Je n'en peux plus d'entendre ces esclandres, ces louanges, ces dénigrements.

Je n'en peux plus de ces escarmouches entre collègues, de ces bassesses à propos de tout et de rien.

Je n'en peux plus des « *por favor el bano, bitte die toilette, snälla toalettess, Toilet please…* Les toilettes s'il vous plaît… »

Je n'en peux plus de ce sentiment d'inutilité. Je n'en peux plus.

Je ne sais pas quand cela arrivera.

Il me reste au moins trente années à me feutrer, à moisir, à me décomposer devant ces œuvres qui n'en sont plus.

Je ne sais pas encore combien de temps je vais tenir, je vais pouvoir me contenir, refréner cette force intérieure qui m'agite, me torture : mon calvaire. Je suis fatigué de cette existence.

Ce que je pressens c'est qu'un jour, peut-être pas si lointain, je vais quitter ma chaise, me lever, je vais casser tous les codes, franchir toutes les retenues, je vais extirper de ma poche mon « opinel », un cadeau de mon père quand j'étais encore enfant, je le tiens en réserve, je vais l'ouvrir et je vais m'en servir.

C'en sera fini de mon chemin de Croix, de mon calvaire.

Je n'ai pas vraiment réfléchi aux conséquences, elles m'importent peu. La prison, l'internement, la mort… mais regardez-moi, je suis déjà mort. Mort comme ceux qui sont en face de moi, qui me dévisagent, et m'offrent leur exemple… Belle perspective ! Dans ce corps je suis chargé de veiller sur eux. Peut-être les retrouverais-je là-haut, qui sait ? Ni Marie, ni Marie-Madeleine n'auront ce regard implorant auprès de Dieu pour lui demander de me pardonner, de comprendre mon geste de désespoir, ou de rédemption, je ne sais.

Le Christ s'est fait homme, a péri sur la croix pour racheter l'humanité, au nom du sacrifice indispensable à l'accomplissement du salut. Je ne veux pas de ce destin. Je ne l'ai pas choisi.

Un jour je suis en compagnie de l'un confronté à sa mort prochaine pour s'être fait prêcheur et avoir défendu les idées d'un autre, le jour suivant je contemple le corps crucifié de Celui qui a défendu ses propres idées.

La belle différence ! Des victimes l'un et l'autre ! Je ne veux plus de cette vie de sacrifice, de souffrance, de vertu. N'ai-je pas déjà beaucoup donné ? Je suis privé de mère et de père… Qu'ai-je fait pour mériter un tel châtiment ?

32

Les services de sécurité m'ont maîtrisé, selon le rapport qui relate mes agissements. Ils se sont fait mousser. Ils n'ont pas eu grand mal. Je gisais au sol, amorphe, allongé sur le dos, les bras en croix, répétant la même et unique phrase : « fini, c'est fini, ça va finir, ça va peut-être finir… », une résurgence de « Fin de partie » qui m'est revenue, comme ça. L'arme du crime m'avait échappé des mains et reposait au sol tandis que le grand air de « La Norma » se répandait en boucle dans la salle, depuis l'ampli de mon téléphone qui dans ma chute s'était activé. Le public faisait cercle autour de moi et m'observait avec des airs interrogatifs et des murmures se répandaient. Le moment d'effroi passé les questions se posaient.

Que s'est-il passé ? Ce fut si bref, si inattendu. Pourquoi s'est-il jeté sur cette toile ? Pourquoi celle-là ? Pourquoi cette mutilation d'un chef-d'œuvre ? Le geste d'un fou, un acte politique, une rébellion, une forme de terrorisme… Certains se demandaient s'il ne s'agissait pas d'une « performance artistique », de l'acte d'un artiste en mal de notoriété. En un instant j'étais sorti de l'anonymat, devenu une Star mondiale ! Les smartphones tous dirigés vers moi, répandaient sur la toile mon gisant, accompagné de la voix de « La Callas ». Combien de « vues » obtiendrai-je ? Combien de *like* ? Andy, moi aussi j'accède à mes quinze minutes de célébrité mondiale…

Peu à peu un miracle s'accomplit. Le brouhaha cessa, la voix de la Diva capta l'attention, s'imposa, provoqua un silence religieux. Je n'avais peut-être pas réussi ma vie mais j'allais probablement réussir ma sortie.

Je n'ai été ni interné, ni emprisonné, ni abattu. Mes prévisions s'étaient avérées fausses. Il m'a été rapporté que j'avais obtenu plus d'un million de « *like* », pas croyable… J'aurais dû être rassuré, j'étais « aimé » par plus d'un million d'individus de par le monde ! Et mes employeurs satisfaits d'une telle promotion pour le musée, ne croyez-vous pas ? Mais Le Vatican n'aime guère la publicité, surtout négative. J'ai été purement et simplement renvoyé. Il n'y a pas même eu de conseil de discipline. On a exigé de moi une lettre de démission, que je n'ai pas rédigée, je n'ai eu qu'à la signer et un solde de tout compte, que j'ai également visé. C'en était fini de mon emploi au « Musée du Vatican ». J'aurais pu être envahi par les difficultés à venir concernant ma situation. Je n'avais aucune économie, un logement que je m'apprêtais à perdre probablement, plus de travail, plus de relations, et ce qu'il me restait de famille m'avait signifié sa désapprobation, et définitivement tourné le dos, de quoi être stressé. Au contraire, j'ai été soulagé. Je me suis senti prêt pour une renaissance. Une réplique du « Soulier de satin » me revint en mémoire, j'avais dû la souffler à plusieurs reprises, l'acteur butait sur ce passage pourtant d'une grande limpidité : « qu'importe la douleur d'aujourd'hui puisqu'elle est le commencement d'autre chose ».

J'avais jeté mon corps et mon âme dans la lutte. Chaque jour de ma vie ressemblait à celui d'avant qui ressemblait à celui d'avant… J'y avais mis fin. Je n'avais plus de moyens de subsistance, mais j'avais libéré mon esprit de tout ce qui s'y était accumulé depuis ma naissance. J'avais enfin compris que je n'avais pas à devenir un saint. Je n'avais rien à accomplir. La culpabilité ne m'habitait plus, j'en étais délivré. J'éprouvais un sentiment de liberté, j'étais libre, enfin libre. Le mot futur pourrait retrouver du sens.

<hr>

J'ai essayé d'être fidèle à tes préceptes Maman, j'ai fait de mon mieux. J'ai été cherché au plus profond de moi des ressources pour survivre. Toi-même tu as sombré dans le désespoir après t'être battue pour me préserver, je peux dire corps et âme. Peut-on choisir entre un fils et un époux, entre des devoirs et des sentiments ? Tu n'as pas pu concilier les deux. Cela t'est apparu insurmontable et ce l'était. Tu as perdu tout ce qui te maintenait debout. Tu as été envahie par le dégoût de la vie. Moi je veux vivre, retrouver de l'espoir, choisir mon destin.

<hr>

Je n'ai pas revu mon père depuis cette intrusion de la police dans notre appartement et notre fuite à Rome. Je crois qu'il est encore à attendre la tenue du procès et demeure silencieux pour ne plus nous nuire. Le reverrai-je ? Il me manque.

Je suis seul aujourd'hui, mais n'est-on pas toujours seul, quoi qu'il arrive ? Je dois chercher ma voie, mes propres motivations pour vivre, et donner un sens à ma vie.

Mon geste n'était pas celui d'un désespéré mais au contraire un acte d'espoir.

〜

J'ai commencé par décider d'écrire mon histoire, pour m'en débarrasser. J'avais décapsulé mon cerveau, comme on le fait d'une canette de bière sous pression, pour en éjecter toutes les scories qui s'y concentraient depuis ma naissance. Je devais faire le tri, sortir de la confusion, tracer mon propre chemin.

Les images se bousculaient, se superposaient. Je nous revois, Maman et moi, dans cette bibliothèque universitaire, à Catane, travaillant côte à côte, moi l'imitant, maintenant je dois faire mes preuves seul. Que vais-je retenir ? Sur quoi vais-je m'appuyer ? Je me souviens d'une interview de Fellini, le grand cinéaste, qui disait quelque chose de cet ordre, « qu'il n'y a jamais rien de gravé dans la mémoire, elle n'est pas immuable, mais que les faits sont profondément affectés et modifiés par le poids de notre émotion ». De l'émotion, il va y en avoir ! On dirait une bande-annonce de film. À chacun sa vérité. Seule la sincérité compte.

〜

Ma mère, encore elle, quand elle parlait de quelqu'un qui à ses yeux manquait d'humanité, usait volontiers de cette formule : « il a de la graisse autour du cœur. » Tout était dit.

⌒⌒⌒

Je cherche, dans un des cartons où s'entassent les objets de mon passé, la boîte remplie de crayons de toutes les couleurs, celle que j'emportais lorsque j'accompagnais ma mère quand elle travaillait à ses documentations. Je l'ai conservée comme une relique. Je m'installe à ma table devant un cahier vierge.

⌒⌒⌒

Maman, pour toi, je vais écrire en français, je te le dois, c'est une richesse. C'est un défi aussi. Je ne suis pas angoissé, je sens grandir en moi un sentiment d'allégresse que je n'ai pas connu depuis bien longtemps. Je suis en paix avec moi-même.

Le cahier est ouvert à la première page. Je fouille dans la boîte à la recherche d'une couleur précise, celle des yeux de mon père, le bleu ionien et j'écris la première phrase sans hésitation.

Je m'appelle Aflio...

Église de Saint-Alfio

Représentation des trois saints de la commune de Saint-Alfio, Sicile

Les trois frères, côte à côte, sont représentés par ces statues.

Filadelfio, 21 ans, tient dans sa main droite une croix et dans sa main gauche un livre et une plume.

Cirino, 19 ans, et Alfio l'aîné, 22 ans, tiennent une plume.

Tous sont auréolés pour confirmer qu'ils sont des saints de l'Église catholique.

Appartenant à une famille noble, chrétienne, espagnole, les trois frères ainsi que leur mère Benedicta ou Benedetta, leur instituteur et des cousins furent déportés par les Romains, d'Espagne à Rome, puis en Sicile en 253.

Le récit de leurs martyres fut fait vers 960 par le moine Basilio, qui résidait dans la province de Syracuse. La légende est vivace, chaque année de grandes célébrations sont organisées dans la commune, et lors de la procession, la statue de saint Alfio est portée par des habitants sélectionnés et honorés.

Sculpteur inconnu, XIXe siècle, marbre polychrome

LIOTRU - Fontana dell'Elefante

La fontaine de l'éléphant, place du Duomo, Catane, Sicile

Le 11 janvier 1693, la ville de Catane est détruite par un terrible tremblement de terre. La Fontaine de l'éléphant est reconstruite entre 1735 et 1737, par l'architecte Giovanni Vaccarini. Il s'inspire de l'obélisque place de la Minerve à Rome, édifié par Gian Lorenzo Bernini, dit Le Bernin.

Lors du séisme, l'éléphant perdit ses pattes postérieures qui furent remplacées à l'occasion de la restauration. On en profita pour ajouter des yeux blancs et des crocs en calcaire.

L'éléphant constitué de blocs de lave noire, lui-même posé sur un socle de marbre blanc se dresse sur la place de la cathédrale Sainte-Agathe, la trompe dressée faisant face à l'entrée. Ses flancs sont ornés, de chaque côté, d'un manteau portant les armes d'Agathe de Catane, la sainte patronne de la ville.

Sur le dos de l'éléphant il y a un empilement, d'abord un obélisque de près de 4 m de haut, en granit, sur lequel sont gravés de faux hiéroglyphes, puis au sommet de l'obélisque se trouve encore un globe entouré de feuilles de palmiers et de lys, symboles du martyre et de la pureté, puis sur une tablette, dans le même métal, une inscription dédiée à sainte Agathe :

« MSSHDPI » : « Un esprit sain et sincère pour l'honneur de Dieu et la libération de son pays ».

Dernière pièce de l'édifice, une croix surmonte le tout.

LIOTRU est devenu le symbole officiel de la ville en 1239.

Sous la domination arabe, la ville porte le nom de « Balad el-Fil » ou « Medina el-Fil », la ville de l'Éléphant.

Chiesa della Santissima Trinita dei Monti

Église de La Trinité-des-Monts, à Rome

En reconnaissance pour l'aide de Saint François de Paule, venu en Touraine au château de Plessis-lez-Tours, pour soigner son père Louis XI, Charles VIII achète un terrain en 1494, pour installer l'Ordre des Minimes, à Rome.

La construction de l'église débute en 1502, sous le règne de Louis XII. Elle n'échappe pas au sac de Rome en 1527. Les cardinaux français décident de la restaurer et d'y adjoindre un couvent en 1549. L'église est consacrée par le pape Sixte V en 1585.

Pour combler le dénivelé entre l'église et la place d'Espagne, l'architecte Fontana construit un escalier monumental à double volée.

L'Ordre des Minimes est remplacé par les religieuses du Sacré-Cœur en 1828. La qualité de l'enseignement en français et l'éducation religieuse dispensés placent l'établissement dans les meilleurs en Europe. L'école est fermée en 2006 et les sœurs remplacées par les Fraternités de Jérusalem.

Enclave française en Italie, l'entretien du site et sa gestion sont longtemps restés à la charge de l'État français. Le 25 juillet 2016, un accord est signé entre le Saint-Siège et la République française pour confier la gestion du domaine à la Communauté de l'Emmanuel.

L'église fait partie des cinq églises catholiques francophones de Rome.

Sainte Agathe de Catane (vers 231-251)

Cathédrale Sainte-Agathe, Catane, Sicile

Sainte chrétienne, vierge, martyre.

Née vers 231, à Catane dans une famille noble, Agathe est, selon la légende, d'une grande beauté. Elle est issue d'une famille noble et a voué sa vie à Dieu.

Le proconsul de Sicile, Quintien, a jeté son dévolu sur elle, il veut l'épouser et bénéficier de sa position sociale et de son argent, mais elle refuse ses avances. Il pense la faire changer d'avis en l'envoyant dans un lupanar. Il échoue et la fait jeter en prison et torturer. On lui arrache les seins avec une tenaille.

L'apôtre Pierre la guérit de ses blessures, mais elle finit par perdre la vie sous d'autres tortures en 251, elle avait à peine 20 ans.

Un an après sa mort, jour pour jour, l'Etna entra en éruption déversant un flot dense de lave jusqu'à la ville de Catane. Démunis devant le danger et la destruction, les habitants placèrent le voile qui recouvrait la sépulture d'Agathe devant la coulée de lave qui cessa de progresser, et la ville fut sauvée.

Depuis ce jour elle est devenue la sainte patronne de la ville de Catane. Elle a détrôné Isis et on l'honore chaque année du 3 au 5 février, en organisant des célébrations. Lors de ce rendez-vous on place sur « le fercolo » (un char), son buste en argent contenant une partie de ses reliques et des processions ont lieu durant les festivités.

En 2002, la fête de la sainte Agathe a été classée au patrimoine mondial de l'UNESCO, au titre de « valeur humanitaire ».

Dans la cathédrale Sainte-Agathe de Catane une chapelle lui est dédiée. On lui voue un culte très fort et très ancré dans la ville et dans toute la Sicile, au point qu'une pâtisserie populaire porte son nom : les « minuzzo » en forme de sein, une pâte fourrée de fromage frais, de fruits candis et de pistache, recouvert d'un glaçage blanc et orné d'une cerise confite, qui symbolise le sein. On les sert par paire au moment des fêtes.

Polyptique de Saint-Antoine, Sainte Agathe, vers 1460, Piero Della Francesca

*Portrait de sainte Agathe
par Pierro della Francesca*

Pierro della Francesca de son vrai nom Piero di Benedetto de Franceschi est né dans une famille aisée en Toscane. Son père a fait fortune dans le commerce des étoffes, et sa mère est issue d'une famille noble dont plusieurs membres sont très connus dans l'histoire italienne.

Il bénéficie de ce contexte favorable et fait des études dispensées par différents maestro qui lui enseignent la lecture, l'écriture, le latin, le calcul, l'algèbre, la géométrie et la comptabilité. Son père espérait le voir lui succéder, mais il préfère exercer dans le domaine artistique, diversifiant ses multiples talents : mathématicien, géomètre, peintre...

Il utilisera sa connaissance de la géométrie pour théoriser et expérimenter son art pictural, en travaillant sur la perspective, la plastique des personnages et la lumière.

Il s'inspire de la peinture flamande pour enrichir les techniques et les traditions italiennes.

Loin de demeurer sédentaire, il voyage beaucoup pour son travail, dans le centre et le nord de l'Italie, où il exécute de nombreuses fresques. Il est sollicité par les cours italiennes : Urbino, Ferrare, Bologne...

Il meurt, aveugle, à Sansepolcro, dans la ville qui l'a vu naître, le 12 octobre 1492.

Il est considéré comme un peintre majeur du Quattrocento (XVe italien)

Le portrait qu'il réalise de sainte Agathe, (1460-1470) est d'une grande sobriété et simplicité. Elle présente sur un plateau tenu dans sa main droite ce qui symbolise son martyre : la tenaille qui a servi à la torturer et ses seins.

Fontana della Barcaccia

Fontaine de la barque, à Rome, au pied du grand escalier
qui mène à l'église de La Trinité-des-Monts

La célèbre fontaine romaine se trouve sur la place d'Espagne, au pied de l'escalier qui mène à l'église de La Trinité-des-Monts.

C'est une fontaine mémorielle, construite pour rappeler la terrible crue du Tibre du 24 décembre 1598. Le pape Clément VII et les romains étaient contraints de se déplacer en barque dans la ville.

Elle figure une barque semi-naufragée, dans un bassin qui prend l'eau de toute part, précisément en 7 points pour se remémorer les 7 crues historiques du Tibre.

La proue et la poupe sont symétriques et identiques. Aux extrémités figurent le blason et les symboles héraldiques (tiare pontificale, soleil, abeilles) du pape Urbain VIII. La fontaine est remplie d'une eau turquoise qui provient de l'aqua Virgo, qui passe sous la place et alimente la ville en eau potable.

Ce chef-d'œuvre, réalisé en travertin, en 1629 par les sculpteurs italiens, Pietro Bernini et Gian Lorenzo Bernini, (le père et le fils) fut commandé par le pape Urbain VIII.

Comme pour la Fontaine de Trevi, la tradition pour le visiteur est de jeter une pièce dans l'eau en formant un vœu, en gardant l'espoir qu'il se réalise.

« Adam et Ève au Paradis terrestre »
de Johann Wenzel Peter (1780-1829)

Musée du Vatican à Rome, salle XVI

Johann Wenzel Peter est un peintre animalier autrichien. « Adam et Ève au Paradis terrestre » est son chef-d'œuvre.

La toile a été achetée par le pape Grégoire XVI en 1831, dans un lot d'une vingtaine de tableaux du même peintre, dans le but de décorer la salle ducale dans les appartements du pape.

Elle représente une scène de la Bible, le moment où les animaux et les humains vivaient en harmonie, juste avant qu'Adam et Ève ne mangent le fruit défendu.

La représentation de quelque 240 animaux différents est minutieuse et réaliste. Elle constitue un exploit en soi. D'autres peintres, avant lui avaient traité ce thème et l'on retrouve dans cette toile certains motifs qu'il leur a empruntés.

Le Vatican considère cette œuvre comme l'une des plus importantes des collections.

Adam et Ève au Paradis terrestre, Wenzel Peter (1745–1829), huile sur toile, 336 × 247

La Déposition de croix, Daniele de Volterra (1509-1566), huile sur toile, 247 × 336

« La Descente de Croix »
de Daniele de Volterra (1509-1566)

Église de La Trinité des Monts, chapelle dite « de la descente de Croix », Rome

Daniele da Volterra est né à Volterra en 1509 et meurt à Rome en 1566. Son nom véritable est Daniele Ricciavelli.

Il quitte sa Toscane vers 1535, pour rejoindre Rome, suite à des différents avec des artistes.

Il devient l'ami et le collaborateur de Michel-Ange, qui obtient pour lui, auprès du pape Paul III, le poste de super-intendant des œuvres vaticanes, poste qu'il conservera jusqu'à la mort du pape.

Michel-Ange lui donne des cartons qu'il utilise pour élaborer quelques-uns de ses tableaux dont « La Déposition de Croix », son chef-d'œuvre qui date de 1545, qui est exposé dans l'église de La Trinité-des-Monts à Rome.

À la suite du concile de Trente qui redéfinit la doctrine de l'Église catholique et réforme la discipline, le pape Paul IV demande à Michel-Ange d'atténuer son coup de crayon. Celui-ci refuse, la nudité des personnages ajoute à leur humanité, se défend-il.

À la mort de Michel-Ange, Charles Borromée chargera Volterra de repeindre certaines parties des personnages du « Jugement dernier » de la Chapelle Sixtine, ce qui lui vaudra d'entrer dans l'histoire de l'art avec le surnom de Il Braghettone, « le caleçonneur ».

Déposition, 1600-1604 environ, peinture de Michelangelo Merisi, dit le Caravage (1571-1610),
huile sur toile, 300 × 203 cm

« La Mise au tombeau »,
de Le Caravage (1571-1610)

Également dénommé : « La Déposition de Croix » ou « La Déposition du Christ au Sépulcre », musée du Vatican à Rome, salle XII

Commandé par Girolamo Vittrice en 1601, pour décorer l'autel d'une chapelle privée acquise par son oncle Pietro décédé, dans la Chiesa Nuova l'église des oratoriens à Rome, le tableau réalisé entre 1602 et 1604, y fut accroché pendant près de deux siècles.

Il fallut la campagne d'Italie pour que Bonaparte le saisisse au titre des prises de guerre en 1797 et l'emporte en France. Il fut restitué à l'Italie en 1815 et est exposé aux Musées du Vatican.

Dans les années 1600, Le Caravage obtint plusieurs commandes de tableaux religieux ce qui lui permit d'asseoir sa réputation de peintre en dépit d'une vie tumultueuse qui l'obligea à quitter Rome en 1604.

Dès son achèvement « La Mise au tombeau » s'imposa comme une œuvre majeure et illustra la compétition à laquelle il se livra avec Michel-Ange.

Ce tableau évoque à la fois la mise au tombeau du Christ par deux de ses disciples, l'apôtre Jean et Nicodème et « la déploration » de trois femmes essentielles, Marie, Mère du Christ, Marie-Madeleine et Marie de Cléophis.

Par sa composition géométrique, les diagonales qui partent du bas droit de la toile et se déploient tel un éventail dans lesquelles s'inscrivent les personnages, par le jeu des couleurs, ce tableau est très caractéristique de l'art du Caravage.

Il s'en dégage à la fois une harmonie et une dramaturgie, à laquelle l'œil du contemplateur ne peut rester insensible.

Cette toile a inspiré de nombreux artistes, qui ont réalisé de multiples copies au cours des siècles, parmi lesquels on compte Rubens et Cézanne.

« Le martyr de Gorcomiensi »,
de Cesare Fracassini (1838-1868)

Il martiri Gorcomiensi, musée du Vatican à Rome

Cesare Fracassini est un peintre romain connu pour son tableau évoquant le martyre qui eut lieu en 1572, à Gorcum, près de Brielle aux Pays Bas.

Dix-sept prêtres, séculiers et réguliers ainsi que deux laïcs réfugiés dans une forteresse, après qu'on leur eut fait la promesse qu'ils auraient la vie sauve, furent torturés par les « Gueux de mer ». Ils furent pendus à la poutre d'une grange d'un couvent.

Sur la toile, peinte par Fracassini, figurent quatre religieux franciscains et un laïc converti.

Le pape Clément X officialisa leur béatification le 14 novembre 1675 à Rome et le pape Pie IX les canonisa, sur la place Saint-Pierre le 29 juin 1867.

La toile a été réalisée à cette occasion. Elle est exposée au musée du Vatican.

Représentation du martyr de Gorkum en 1572, peinture de Cesare Fracassini (1838-1868), acquisition 1867, huile sur toile, 392 × 289 cm

Du même auteur

La Fabrique de frivolité, éditions de l'Ornal, mai 2013

Normandie Connexion, éditions de l'Ornal, 2009

La Belle Confiance, éditions de l'Ecir, 2007 – Roman historique sur la marine de Loire

Voyages sur la Loire – À plaisir et à gré le vent, éditions CLD, 1998 – Recherche littéraire et iconographique sur cinq siècles de voyages sur la Loire

Les Girouettes, éditions J.-C. Godefroy, 1988 – Seconde étude sur l'art des girouettes

Le Colporteur et le Marinier des bords de Loire, éditions CLD, 1986 – Roman historique sur la marine de Loire, seconde partie. Prix de Littérature du Lion's Club, 1987. Publication en feuilleton dans *L'Écho de Touraine*

Tourangeau, Marinier sur la Loire, éditions CLD, 1984 – Roman historique sur la marine de Loire, première partie

Chez Anépigraphe Editions

Marie-France Comte, *Normandie Connexion, le trafic du calva*, nouvelle édition augmentée et corrigée, 2023

Marie-France Comte, *Tourangeau, Marinier sur la Loire*, tome 1, nouvelle édition, 2023

Marie-France Comte, *Le Colporteur et le Marinier des bords de Loire*, tome 2, nouvelle édition, 2024

Andréa Menut, *Le Code bleu*, nouvelle édition, 2024

Marie-Hélène Barbier, *La Petite Rebelle*, 2024.

En grands caractères, corps 18

- Marie-France Comte, *Normandie Connexion, le trafic du calva*

- Marie-France Comte, *Tourangeau, Marinier sur la Loire*, tome 1

- Marie-France Comte, *Le Colporteur et le Marinier des bords de Loire*, tome 2

- Marie-France Comte, *Aflio*

- Marie-Hélène Barbier, *La Petite Rebelle*

Vous avez aimé ce livre ?

ANÉPIGRAPHE EDITIONS vous propose **cinq versions de ce texte**, à offrir ou à s'offrir :

- La **version originale** au format 13,5 × 19,5 cm.

- La **version en grands caractères** : au format 16,5 × 24 cm, imprimée en utilisant la police Luciole corps 18, spécialement conçue pour les personnes ayant une déficience visuelle, qui reprennent ainsi goût à la lecture.

> qui reprennent ainsi goût à la lecture.
>
> *extrait en taille réelle*

- La **version luxe reliée cartonnée** au format original soit 13,5 × 19,5, avec tranche fil et signet, version idéale pour un cadeau à offrir, ou à s'offrir pour sa bibliothèque.

- La **version luxe reliée cartonnée** en grands caractères, au format 16,5 × 24, avec tranche fil et signet, pour un cadeau à offrir, ou à s'offrir pour sa bibliothèque.

- La **version au format epub**, lisible sur votre smartphone, sur tablette ou sur liseuse.

Laissez-vous tenter !
anepigraphe-editions.fr *est à votre disposition,
avec d'autres livres à lire, à partager, à offrir.*

Et n'hésitez pas à vous abonner gratuitement à notre lettre d'information pour connaître nos prochaines éditions.

ANÉPIGRAPHE
EDITIONS

anepigraphe-editions.fr

Imprimé par Libri Plureos GmbH à Bad Hersfeld, Allemagne

FSC
www.fsc.org
MIXTE
Papier issu
de sources
responsables
Paper from
responsible sources
FSC® C105338